月の舟

井関洋子

鳥影社

月の舟　目次

旅の人

それまでチヨを記憶の谷間へ葬ってきた。彼女が牧島の家を逃げ出してきて部屋のドアベルを鳴らすまでは。

腰の曲がった背に大きなリュックサックを載せ、手提げ袋を両手に提げ、雨の吹き込むドアの外に立っていたチヨを、入れ代わり立ち代わりやってくる行商人と見間違えた。真冬の、夜も十時を過ぎた時刻に物売りでもあるまい、と思ったとき、気味の悪さを感じてドアを閉じかけた。二十数年前のその日のチヨが、ドアに吹き付ける雨と共に脳裏にやって来ていた。

「わしや。チヨや」

——チヨ。把手を握る手に力が加わり胸の底からむらむらしたものが湧き上がってくる。

「もうあんたに会うこともないやろう。幽霊にでもならん限りな」

そう言って牧島へ帰ってから八年が経っていた。凍結した高速道路のスリップ事故で車を運転していたわたしの夫と助手席の女性は死に、後部座席に体を横たえていたチヨは傷一つなく救い出された。

頼りにしていた次男を亡くして未亡人のわたしと二人だけの暮らしになると、家族の者との不仲が理由で出て来ていた牧島の長男の家に、夫の遺骨を奪い取るようにしてさっさと帰って行った。助手席のその女性のことを、息子の嫁と思うておる、と言っていたチヨにしてみれば、骨を預けたまま帰る気にはなれなかったのだろう。

「息子はあの子を慕うておる。あの子も息子を慕うておる。これはかりはどうもならん。あの子はええお人や。わしは何度も会うておるさかい、よう知っておる。近いうちに来はるで。息子があの子を嫁はんにするでな。あんたはここを出て行ったほうがええ。出て行きなはれ。息子もそう望んでおる」

努めて逆らわないようにしてきたがそのときばかりは黙っていられなかった。

「出て行けということですか、その女性を迎えるために。指図をしないでください。あんたの指図は受けません」

おかあさまの、とは言わずに、あんたの、と怒りのあまり下に見る位置で言った。

「仕方ないやろう息子はあんたよりあの子のほうを好いておるで、通っておるのがその証拠や。わしもあの子が好きや。嫁と思うておる」

会社から戻る夫を待って問い質した。

「あなたは彼女を家に入れようとしているのですか？　本当にそんなことを考えているのですか？」

洋服ダンスの前で着替えをしながら彼は否定も肯定もしない。外したネクタイをいつもとは違ってこちらには渡さず、自分でハンガーへ持っていった。むっとして取り上げ、しかし気を静めるようにして言った。

「作り話をされたと思っていていいのですね。おかあさまはご自分のおっしゃっていることがどういうことか、おわかりになっているのかしら」

彼は何も言わない。

「遣りにくくて仕方ないわ、酷い人ね」

それまで黙りこくっていた夫が口を開いた。

「おふくろを悪く言ったら許さん。仲良く遣っていけないのか」

彼が言ったのはそれだけだった。彼女との係わりについて触れることはなかった。

「あんたとは繫がりがのうなってしもうて赤の他人になったんやから、ここにおっても仕方ないわな。息子を連れて帰るでな。ええな。もうあんたに会うこともないやろう、幽霊にでも……」

これが最後に残していった彼女の言葉だ。そうしてその後も、息子の供養はうちらでするよって、あんたは心配せんでええ、来んかてええで、ここまでは遠いでな、と婉曲に断られているうちに本当の赤の他人になってしまった。生きているのか死んでいるのかそれさえも知らなかった。

リュックサックの紐《ひも》の食い込んだ薄い肩が通路の明かりに照らし出されている。体格のよかったチヨの肩とも思えない。雨が滲《し》み込み肩から胸にかけてコートの色が変わっている。コートはウール地だ。彼女はウール地のコートなど着る人ではなかった。絹だ。とくに着物は絹の中でも最高級品だった。

「こないなええもん着ておるもんはわしのほかにはおらんやろう」

誇らしげに袂《たもと》を広げて見せていた。

家業が絹の反物を織る機屋だった。しかし絹が身近にあったという理由だけではなさそうだ。

「ウールやなんてあんな安もんこのわしが着ると思うてか。ウールや木綿はなあ、地べたを這いつくばっておる人の着るもんや。わしはそないなもんよう着ん」

そう言っていた。

泥まみれの足袋を触っている着物も絹ではない。絹は濡れてもあれほど重そうには垂れ下がらない。光沢も絹とは違う。チヨが木綿の着物を着ている。

気づくとドアの隙間に顔を付けるようにしてチヨがこちらを見ている。この雨の夜更け、彼女を外に抛《ほう》り出してドアを閉めるわけにもいくまい。しかし開ける気にはならない。泣かされた日々のことが忘れられない。

「早うここを開けてくれんか。牧島へは知らせんかてええで。あんな嫁に断るつもりはなかったんやけど、ここへ来ると言うて来たで。早う開けてくれ。早う」

チヨがドアに手を掛けた。

――あんな嫁。耳を塞ぎたくなるような言葉が把手を握る手にさらに力を加えさせる。

チヨは嫁が気に入らなかった。電話をしてきたときのチヨの言葉が甦《よみがえ》っている。

「あの子はうちの嫁にはふさわしうないよって、出ていってもらわなあかん。息子が連れてきてしもうた飲み屋の女や。うちの嫁はわしが探すと言うておいたに、息子はやさしいで、騙されてしもた。ほんで息子に言うても埒《らち》があかんで、うちに来はる息子の友達に頼んでおるのや。別れるように息子に言うてほしいて。あんたにも力を貸してもらわなあかん。頼むでな」

チヨは近所や親戚へも頼んで廻っていた。だがはっきりしない。そこで嫁に言った。

「体一つで来たんやから、体一つで出て行ってほしい。金はびた一文渡さん。ほしいと言うても渡さん。うちの嫁には合わんよって出て行かされるんやから。それを忘れんようにな。するとあの子はこう言いおったわ。何とでも言うてください、この家の人間になり切るつもりで来たんやからと。アパートへでも引っ越してくれるとせいせいするのになあ」

チヨは彼女を追い出してくれと言ってきたのだ。手前勝手な言葉を言い放って電話の向こうの声を切った。

両手に荷物を提げ、肩を落とした通路のチヨに、投げ出したくなるような光景が覆い被さる。夫はチヨを半年に一度の割りで牧島から呼び寄せていた。うちへ来て気晴らしをするといい、どこへでも好きなところへ連れて行ってやるからと……。

あれは夏の日。先にたって案内しているつもりがいつの間にか足を引き摺《ず》りながらチヨの後を行く荷物持ちになっている。

「何や貧しい家の人みたいに背を丸めて付いてきて。これでもわしは資産家の人間やで、わしが恥ずかしい。もっとしゃきっと歩けんのかいな」

チヨは後ろを振り向いてまるで野良犬でも見るように見下げた。

「犬じゃありませんわよ。そんな目で見ないでくださいな」

大きな背中に言った。

――資産家資産家って二言目には資産家だわ。住まいとさほど広くもない工場と何台かの織機があるだけじゃないか。それもすでにない。三十年前、夫が死んで、家業が栄えていた五、六年が終わって、チヨは今資産家とは縁遠い借家での三人暮らしだ。こちらの実家は割合大きな地主なのよ。その辺り一帯の広い土地に家作がたくさん建っているわ。たあくさんね。資産家と言うならこっちのほうよ。でもそんなことで鼻を高くしたりはしない。あなたもあなたよ。たまには案内役を買って出てもいいではありませんか。自分の母親なんですから。夫に飛び火する。

度重なる寺参りや観劇、旅行などの介添えに音をあげていた。夫と二人だけの旅行は初めのころの一、二回で、外で食事をすることもなくなり、チヨの介添えで終わった数年が結婚生活だった。

チヨが通路に蹲《うずくま》って震えている。小さく丸まった体はまるで猫だ。雨に叩かれたずぶ濡れの野良猫。このまま放置すれば寒さに耐え切れず、朝までに死ぬ。飼い主のいない野良猫が死んでも、係わりはない。

ドアを開ける。チヨを上がり口に腰を下ろさせ、タオルを取りに部屋へ行く。これからどこへ行こうとしているのか知らないが、たくさんの荷物。一、二泊の外出とは思えない。

「これを使いなさいよ」

チヨは受け取ったタオルでコートの胸や肩を拭き、脱いで横へ置くと、今度は着物の裾を払い、泥まみれの足袋を脱ぎ始めた。甲に張り付いた濡れた足袋は足の先を引っ張っても容易に脱げない。

「あんた、脱がしてくれんか」

チヨがこちらを見上げた。手を出す気にならない。チヨは足を手前に引くようにしてようやく脱いだ。

「わしが頼んでおるに手伝うてくれへん。そないな人ではなかったにな」

チヨは腰を上げ、今は他人でしかない人の部屋へ遠慮する様子もなく入って行き、座布団を引き寄せて座ると、手提げ袋の口を広げ、中を覗いたまま、風呂の催促をした。

「冷え切ってしもうて、このままでは寝られへんがな」

以前とまったく変わらない横柄な口振り。黙って風呂場へ行き湯の出る蛇口を捻《ひね》った。浴槽に湯を溜めている間、ガウンと新しいタオルとを用意しながら手を動かしているチヨを盗み見る。彼女が腕に力を入れるたびに高い頬骨の下のたるんだ皮がぶるんと震える。何と痩せたことか。これでは人違いするのも無理はない。白い首は筋が浮かび上がり筋肉が衰えた分だけ細く長く見える。皺の手に続く手首が折れそうに細い。薄くなった肩や胸などを見ているとそれだけで、ああ年を取ったのだな、と変に同情心が湧く。風呂の用意ができて声を掛けた。チヨは着替えを抱えて風呂場へ向かった。

明日の朝食の献立を考えながら冷蔵庫の前にいると、ガウンを着た真っ赤な顔のチヨが額の汗を拭きながら後ろに立っていた。

「まあ早かったこと」

思わず声を掛けた。

「夜も遅いで早う寝んと。ゆうべは交番のお巡りさんに連れて行ってもろた旅館で泊まったんや」と言った。

——二日がかりか。遠いと言っても新幹線で三時間だ。そこから乗り継いでここまでを計ってみても四時間あれば来る。

彼女は一人ではどこへも行かれなかった。切符が買えないのだ。買い方を知らない。家族の者の過保護による扱いに知る必要がなかった。切符を握らされて、座席に着かされて、下車する駅では降ろされていた。夫に命ぜられて何度か降ろし役を引き受けたことがある。

「ここを出てこれからどこへ行くんですか？」

しきりに顔の汗を拭いている彼女に言った。

「どこへも行かん。帰って来たんや」

「帰って来たって、どこへ？」

「ここへや」

「ここへ？　どういうこと？」

「ここはわしの死に場所やでな」

「死に場所？　ここが？　チヨさんの？　ちょっと待って、チヨさんの死に場所はここじゃないわ。牧島でしょう？」

「牧島ではおへん。ここがわしの死に場所や。ほんで戻って来たんや」

「おかしいじゃないの。何があったか知らないけど今ごろになって突然やって来てここが死に場所だなんて、どう考えてもおかしいわ。ここへ来れば黙って引き受けてもらえると思ってやって来たんでしょうけど、本当は別の理由で逃げてきたんでしょう？　もう騙されませんからね。脅しにものらない。作り話にもね」

「逃げて来たんやない。帰って来たんや」

「ほう。それなら聞くけど、一体何があったの？　言ってご覧なさいよ」

「そないなことどうでもええ。あの子が言うたんや」

「あの子って？」

「決まっておるやないか、わしの次男や。死ぬまでここにおったらええて。そう言うたんや。ほんでここがわしの死に場所や」

「あの人はもういないわ。死んだのよ。ここにいるのは赤の他人」

「あの子はおらんでも嫁はおるでな」

「嫁？」

「嫁が姑を看るのは当然や」

——姑。

「赤の他人にしたのは誰？　勝手にやって来てここが死に場所だなんて、旨いものにありつこうとする泥棒猫よ。そんな猫は叩き出すに限るわ。あんたの死に場所はここじゃない。あんたが嫁いでいった先の牧島よ。誰が面倒を見てもいいと言う人も中にはいるけど、普通はそうなっているわ。あんたの死に場所はここではない。牧島へ帰るのね」

「わしは帰らん。金ならここにぎょうさんある、使うてもろてもええ」

チヨは懐を叩いた。

「いらないわ。働いているからお金に不自由をしていない」

「ほんならあんたの手伝いくらいはできるで」

「老いぼれを雇うつもりはない」

「老いぼれとな。わしはまだ七十にはなっておらんで、老いぼれてはおらん。あんた変わりおったな。ものをずばずば言う人ではなかったにな」

「あんたに傷め付けられましたからね。あれだけ傷め付けられると変わりますわよ。何があってやって来たのか知らないけど、筋道から言っても、あんたの死に水を取ってくれるのは、他人ではなくて、牧島の長男夫婦でしょう。その夫婦をさし置いてあんたの死に水を取ることはできないわ。夫婦への厭味にもなるしね。もうあんたに振り廻されるのは懲り懲りよ。牧島へ帰るのね」

「わしの死に場所はここやと言うておるにわからんのか」

チヨは頑固に言い張る。

「わからないわ。老いぼれてなお横柄ね。今夜一晩だけ、泊めてやる。明日の朝も、食べさせてやる。それが済んだら出て行くのね。わかったらもう寝なさいよ」

チヨは用意された荷物部屋へ向かった。そこを無理に選んだのではないが、夜半に突然やって来た人を止める部屋は他にない。

濡れた舗装道路を走る深夜の車の音が聞こえていた。テーブルに頰杖を突く。ときどきやってくるチヨを交えて三人で暮らしたあのころ、夫とチヨの間へ入っていかれなかった。二人は向き合ってしばしば酒を飲んでいた。胸丈にも達しないサイドボードではあるがその中には夫の好みの酒が詰まっている。滅多にキッチンに立つことのないチヨだが息子と飲む酒の肴を作るときだけは別だ。不器用な手付きで包丁を握り、魚の身を削ぐ。あの子はわしの作ったものでのうては気に入らんのや、そう言って、二、三種類の肴を作るとそれを前にしてソファーに座り込み、他の誰もが入っていかれないほどの近しさで最愛の息子と水入らずの時間を過ごす。あんたもここへ来て一緒に飲まんか、とは決して言わない。仲間に加えようとはしなかった。そんなチヨがあるとき言った。三人というのはようないんや。必ず一人が外されるんや。あんたとは血が繋がっておらんのやから外されても仕方ないわな。うちらにとっては他人やからな。

小窓から暗い空が見える。恐ろしいほど暗い。闇はあのころに引き摺り下ろす。チヨの凄《すご》みのある声が体を取り巻いていた。

「あんたはわしが家の中の片付けをするのが気に入らんのか。どうなんや。どうなんやと聞いておる」

自分の城を掻《か》き廻されるのが厭でならなかった。朝方そこにあった本箱、机、あるいはキッチンのテーブル、などが夕方には別の場所にある。仕事に出ている留守の間に模様替えまでしてしまうのだ。そんな勝手なチヨを疎ましく思っていた。そこで言った。思い切ってのことだった。

「片付け事はこちらでしますから、お客様でいてくださって構いませんのよ」

途端にチヨの顔色が変わった。

「わしは客ではおへん。息子の母親や。物を触って何がいかん。わしに注文を付けるとは何という嫁や。黙って引っ込んでおれ。息子に言い付けてやるで」

チヨは額に青筋を立て、開き直ったあげく、朝起きてこなくなった。どうすればよいのか。謝罪する理由がこちらにあってもなくても、謝るしかないか。チヨの床のかたわらへ行って座った。

「済みませんでした。もうなにも言いませんからどうぞご自由にしてください」

向こうを向いて寝ているチヨからは返事がない。どうしたら機嫌を直してもらえるか。外へ誘い出してみることにした。

「二人で公園にでも行きません？　いいお天気ですから一緒に行きましょう」

何度誘い掛けてもチヨはこちらを向きもしなければ動きもしない。そこでミルクを温めに立つ。これで機嫌が直るとは思わないが体が温まれば気分も和らぐのではないか。カップに移したミルクをチヨの枕元に運び、再び声を掛ける。呟《つぶや》くような小さな声も返ってはこない。息遣いの乱れもないほどに静かだ。首を伸ばして顔を覗き込む。閉じたまぶたが微妙に動いている。起きているのだ。そこで話をすることにした。地下街でのウインドーショッピングが楽しみの一つになっていること。公園には滝があること。バドミントンをしている人やスケートボードに乗っている人、ローラースケートで走り廻っている人たちで賑やかなことなどを。話の合間にしばしば自分をキッチンへ運び、チヨのための食べ物を持っては戻った。彼女の枕元にはいつの間にか、ミルクを始め、蜜柑、大福餅、煎餅などが一列に並んだ。

「まるでお供えだわ」

口に手を当て、ふふっと笑う。昼を過ぎても彼女は起きようとしない。

「お願いですから起きて食事を摂ってくださいな。お好きな魚の粕漬けを用意しましたわ。おいしい味噌汁もありますのよ」

彼女は返事をしない。そこで周囲に気を遣わず楽に食事を摂ってもらうため、彼女を一人にすることにして外へ出た。公園のベンチに腰を下ろした。体格のよかったあのころのチヨの姿が滝の水すだれに重なった。四、五人の若い女性が笑い声を響かせて前を通った。彼女たちがバドミントンやローラースケートを楽しんでいる人たちのそばを通り抜け、人の間を縫うようにして公園から消えたあと、まるで別世界でのような遠い彼方からの彼女たちの声をうつらうつら聞いていた。やがて声は遠退き、聞こえなくなった。それからどのくらいの時間が経ったのだろう気づくと日は雲に遮られていた。チヨは食事を摂っただろうか。腕の時計を見る。こんな時間になっていたのか。急ぎ足で帰路に着く。チヨは食事を済ませていなかった。粕漬けの魚も味噌汁も手が付けられていない。冷たくなった魚を斜めに見て小さく舌打ちをした。いつまで意地を張っているつもりなのだろう。どこまで拗《す》ねれば気が済むのか。茶を淹れた。なんと茶柱が立った。彼女は茶柱を見つけるとにこにこする。床のそばへ行って座り、顔を覗くようにして言った。

「茶柱が立ちましたわ、起きてくださいな」

人に言っては幸せが薄くなってしまうと言いながらも見せていたチヨだ。彼女はこちらを向かない。もう一度言った。

「真っ直ぐに立ちましたわよ。見てくださいな」

チヨからは返事がない。厭な溜め息が出る。腹が立ってきた。どうしてこうも困らせるのか。これ以上どんなふうに気を遣えばよいのか。息子の母親だなんて、威張っていて、ここは夫と二人だけの住まいなの。肝に銘じて覚えておいてよ。茶碗の中に指を入れ、茶柱を摑み上げると盛り上がった蒲団めがけて投げ付けた。――チヨさんあんたは気に入らないことがあるとハンガーストライキを打つ人だったのね。困らせておもしろいの……。

チヨのための粥を煮る。牧島の嫁も同じような思いでチヨの粥を煮たのだろう。チヨが身を置く家庭は壊れる。そんな思いが浮かび上がる。粥が煮える。気泡を表面の熱湯に競い立たせて粥が煮える。

薄い朝の明かりが閉じたまぶたを覆っていた。通路を叩いていた昨夜の雨音は消えている。いつもの起床時刻には早いが床を離れる。荷物部屋の前へ行ってみた。小さな声が聞こえる。寝惚けているのか、それとも独り言を言っているのか。朝食の準備にキッチンへ向かう。ご飯が炊ける間に昆布と鰹節で味噌汁のだしを取る。わかめを水に戻しておく。豆腐も賽《さい》の目に切っておく。朝の明かりが小窓に白い。大根の一夜漬けを取り出す。出し汁に豆腐とわかめを入れ、味噌を溶く。食卓が整い始めたころ、荷物部屋のほうでコトコトという音がした。チヨが起きたのだ。鮭を焼く。ご飯がよいにおいをさせてふっくらと炊きあがった。

チヨが起きてくるのを待っている間、食卓を前にして茶を飲む。もう会うことはないと宣言して出て行った彼女だ。よくもまあさんざん傷め付けた嫁のところへやって来られたものだ。なにがあってのことか知らないが、その理由を彼女は言わない。そないなことどうでもええ、と言うばかりだ。二煎目の茶を飲む。三煎目の薄い茶を飲む。何をしているのだろうチヨは。早く来てくれないと困る。彼女を送り出して仕事に出なければならない。一分が十分にも二十分にも思える。地団太を踏む。再び荷物部屋の前へ行ってみる。僅かに戸を開けた。部屋の中が線香の煙でもやもやしている。チヨは向こうを向いて座っていた。段ボール箱の上の位牌の前で経を唱えている。こんなとき経でもあるまい。

そっと中へ入った。一緒に暮らしていたころ、彼女は朝と晩の二回、三十分ずつ、お勤めをしていた。それが日課のようになっていた。困ったときはこんなふうにして主人に悩み事を打ち明けるんや、と位牌に掌を合わせる恰好をして見せたことがある。長いお勤めもあった。しかし今日のところは長引いては困る。そろそろ終わりにしてほしい。位牌の横に積み重ねてある薄い箱、あれはなんだ。線香か。二十箱はありそうだ。人の頭ほどもありそうな大きな筒状の缶。あれは温泉の元だ。それがなくてはチヨの楽しみはないようなものであったがそれにしても大きい。一回が大匙二杯として、三、四か月か。なにやらいっぱい積め込まれていると思っていたリュックサックの中身はこれであったか。線香のにおいが急に鼻に付き出した。天井でのさばっている煙が不快感を煽《あお》る。

「あんた、黙って入って来おって何してんねん」

チヨがじっと見ていた。一つ咳払いをして、この家の主の口調で、言った。

「お勤めはそのくらいにしてご飯にしましょう」

彼女は返事をしない。チヨの顔の近くへ寄って言う。

「ご飯ですよ、早く来てくださいね」

チヨが食卓に着いて、温かいご飯を口に含んだちょうどそのとき、ドアベルが鳴った。こんなに早く一体誰か。壁の時計を見る。八時だ。味噌汁を装《よそ》う手を休め玄関へ出た。ドアの外に若い男がいた。

「○○さんにお届け物です。○○方としてあります」

男はチヨの名を言った。

「ここへ判を押してください」

彼は伝票を出した。ドアの外に箪笥《たんす》のような大きなものがある。

「届け物って、もしかしたら、それ?」

「そうです。仏壇です」

「仏壇?」

自分の顔が目の釣り上がった鬼になっていることを意識した。

「どこへ判を押すのや」

印鑑を持ったチヨが後ろに立っていた。男はチヨの前に伝票を出し、ここ、と指を突いた。チヨはそこへ判を押した。

「牧島は遠いで、よう早うに着いた。中へ入れてくれんか」

チヨは手で物を払うような恰好をして仏壇の通り道を作った。男は、もう一人の男と仏壇を抱え込んだ。

「あ、ちょっと待って」

男はこちらを見た。

「中へ入れないで。事情があるの」

「わかりました」

男はそう言って仏壇を通路の壁際へ移動した。

「そないなとこへ置かんと中へ入れてくれんか」

チヨが男に近づいて行った。男は黙って仏壇を壁に寄せている。

「中へ入れてくれんかと頼んでおるにあんたら聞こえんのか、ちょっとあんたら……」

チヨが男の足を蹴った。男が振り向いて睨《にら》んだ。

「早う入れてくれんかと言うておるに、早う」

チヨはまた蹴った。

「なんだこの婆あ」

「婆あとはなんや。中へ入れてくれんかと頼んでおるやないか」

男は仏壇を壁際にぴたりと寄せると、これでいいですか、ありがとうございました、と頭を下げ、戻っていった。

「こないな上等なもん外へ抛り出して置いたら人が持っていってしまうがな。中へも入れさせんとどういう根性や」

独り言を言っているチヨをあとに食卓へ戻る。断りもなく送り付けられてきたことに我慢がならない。目の前の鮭を摘まんで口へ抛り込む。今ここで仏壇を引き受ければ泣いたあのころの自分に戻ってしまう。すぐにも送り返す。ご飯に一夜漬けの大根を載せ、味噌汁を掛けて掻き込む。チヨが戻って来た。食べ掛けのご飯に箸を付けた。

「注文しておったでようやくできてきたんや。ようできておる。どこへ置いたらええやろう、なああんた」

預かるとは言っていない。勝手に送り付けてきた人の物は預からない。何をされようと覚悟の上で、サイドボードの上の電話機へ立つ。運送会社へ電話をする。

「仏壇を牧島まで運んでください。できるだけ早くお願いします。十時ですか。十時半。わかりました。間違いなくその時間に来てください」

「仏壇がどうしたんや」

箸を持ったままチヨがこちらを見て言った。もう一本電話をする。

「今日一日休ませてください」

頭のてっぺんから出てくるような店長の声を待つ。

「室内装飾店と言ってもうちはそれほど大きくありませんからね、社員の数の少ないのはご存じでしょう。明日は必ず出てきてくださいね」

約束して受話器を置く。

「十時てなんや」電話を切るのを待ってチヨが聞いてきた。

「運送会社の人が来る時刻ですよ」

食卓へ戻り食事の済んだ自分の茶碗を流しへ持って行く。

「なんで運送屋が来るんや」

「仏壇を送り返すんです」

洗う手を休めずに振り向いてチヨに言った。

「送り返すて、そないなことをしたらただではおかんで」

瞬間湯の入ったコップが足許に飛んできた。さいわい火傷を負うことはなかったが、咄《とっ》嗟《さ》に足許からは遠い首筋を押さえた。押さえた手に触れたあのときの引き攣《つ》りが当時へ誘いこんだ。

チヨは大振りの鯵の干物を網の上で焼いていた。

「今日はあの子の帰りが遅いで買わんかてええと思うたんやけど、旨そうやで、つい買うてしもた。あの子がおったら二人で酒を飲めるんやけどなあ」

チヨはそう言いながら魚の焼け具合を見ているうちに菜箸の先が数センチほど燃えてしまった。そこで彼女は引き出しの奥から取り出した火箸で焼き始めた。

「これは燃えんでええわ」

遠くへ離したり近くへ寄せたりして見ているうちに辺りに煙が立ち込めた。

「お魚が焦げていますわよ」

チヨがそれまで使っていた先の燃えた短い菜箸で魚を裏返そうとした。

「何すんねん。余計なことせんかてええ」

一瞬のあと焼け火箸が首筋を叩いた。

悲鳴をあげ洗面所へ駆け込み首筋に水を浴びせかけた。

「痛い」

焼けた火箸を首に当てたらどういうことになるか考えてもみないのか。

「焼けた首が痛い」

どうしてこのような酷いことができるのか。何をされてもじっと我慢しているからか。泣き寝入りするからか。だから危害を加えやすいのか。そうよ、苛め易いのよ。ロースターがあるのにどうして使わないのか。網の上で焼くからこういうことになるのだ。

「焼けた首が痛い。痛いのよお。帰ってよ。牧島へ帰ってよお」

振り廻されるのはもうご免だ。あんたには強い味方の息子がそばにいるからいいけど、こちらにはだれもいない。あの人はあんたを押し付けて好きな人のところへ行ってしまうし、あんたには蔑《ないがし》ろにされるし、仲間外れにされた人の気持ちなどあんたにはわからないだろう。

「帰ってよお。牧島へ帰ってよお」

タクシーを拾って泣きながら病院へ行った。心細くて寂しくて悲しくて死んでしまいたいほど情けなかった。あんなに泣いたことはなかった。あのときの首の痛みは事あるごとに甦《よみがえ》ってくる。

チヨが荷物部屋へ戻ったあと、しばらくして、ドアの外でカラカラという聞きなれない音がした。出てみると、運送会社の人だった。

「牧島へ運ぶ仏壇はこれですね、ここへ記入してください」

そう言って送り状を出した。男が差し出したボールペンで記入した。男は厚めの毛布で仏壇を包むとひょいと持ち上げ、車の付いた板の上に載せた。

「中が空だと軽いんですよ」

男はそのまま通路をエレベーターへ向かった。

ただではおかないと脅しを掛けてきたチヨはどうしたのか。部屋の前へ行ってみる。静かだ。何も聞こえてこない。寝たのか。

昼食用のサラダを作っていると荷物部屋の戸が勢いよく開いてチヨが出てきた。彼女は玄関へ向かって行く。ドアの外を見た。

「仏壇がのうなっておる。わしの仏壇が盗まれてしもた。中へ入れさせんと、ほんで盗まれてしもたんや。早うせんとあかん」

チヨはサイドボードの上の電話機へ向かう。

「警察やな。わしの仏壇が盗まれてしもた。早う探してくれんか。外へ置いたんや。ほんで盗まれてしもうた。ここか？　ここは嫁のうちや。わしではわからんで。嫁はおらんがな。おらんもん代わりようがないがな。何やて。ここの住所かいな。ちょっと待ってくれんか」

チヨは懐から折り畳んだ紙を取り出すとそれを広げ、ここの住所を読み上げた。やがて受話器を置いたチヨは辺りを見廻して言った。

「あんたおったんかいな、警官が来るで」

警官はすぐに来た。

「わしの仏壇が盗まれてしもた。外では持っていかれてしまうと言うたに、嫁が中へ入れさせんと。ほんで嫁が悪いんや」

「おばあちゃん、仏壇はどこへ置いておいたの」

「ここや。ここへ置いておいたんや。ほんで泥棒が持っていってしもたんや」

「泥棒が持っていくのを見たのかな、おばあちゃん」

「見るわけないやろう、わしは経をあげておったでな」

「どんなふうに置いてあったか教えてよ」

「表がこっちに向いてな、ほんでな……」

チヨは身振り手振りで説明に余念がない。

「この人はこれから自分のうちへ帰るんです。それで一足先に送ったんです」

「そうでしたか。わかりました。おばあちゃん、仏壇はすぐに出てくるよ」

警官は帰って行った。チヨはこちらに向き直った。

「あんた、仏壇はすぐに出てくるて。警官が探してくれはるでな。わしがここにおらんでは済まんわなあ」

それみたことかという顔をした。そんなチヨに軽く厭味を言う。

「ここにいる理由ができて、胸の痞《つか》えが下りたでしょう？」

今のチヨはそんなことでは堪《こた》えない。りっぱな理由ができたことでにこにこしている。響く声で歌をうたいだした。

「トントン機織りゃ……。この歌はな、泣く子も黙るてな。そないな歌なんやけど子供は余計泣いてしまうわな。織機が一台や二台ではおへんやろう。ほんで喧《やかま》しいのや。ぎょうさんの織り子はんがおってなあ。遠くのほうから来ておる子もおったんよ。女衆もおったんよ。掃除も洗濯も片付けも家の中のことは全部女衆がするで、わしはせんかて済んでおった。好きな機織りだけをしておればそれでよかったんや。苦手な食事作りをせんかて済んでおったんは女衆がおったおかげやで。わしは幸せもんやった」

チヨは機屋が栄えていたころの歌をうたいながら荷物部屋へ戻っていった。

昼食の鰻重の出前が届いたので軽い足取りで荷物部屋の前へ行った。チヨは鰻が好きだった。中間に鰻を忍ばせた二段構えのものをとくに好んでいた。部屋からは何も聞こえてこない。僅かに戸を開けて中を見た。チヨは合掌したまま項垂《うなだ》れている。どうしたのか。声を掛けて入った。彼女の間近まで行って顔を覗いた。頬が光っている。泣いているのか。チヨが、泣いている。珍しいものでも見るように彼女の顔をじっと見た。突然チヨが顔を上げてこちらを真っ直ぐに見た。

「あんた何見てんねん。わしの顔になんや着いておるんか」

咄嗟に仰《の》け反《ぞ》り、しかし落ち着いて言った。

「お昼ご飯ですよ。あんたの好きな鰻重です。さ、行きましょう」

チヨは立とうとしない。抱えて立たせ、荷物部屋を出て、キッチンの食卓に着かせた。チヨは黙って鰻重に手を付けた。二段構えの鰻重は今日を限りのチヨへの餞《はなむけ》の意味だった。チヨは旨いともまずいとも言わずに食べている。彼女は誉めることを知らない。誉めたらあかん。それより足らんところを言うてやったほうが親切や、そう言って叩き牛蒡《ごぼう》をおいしそうに食べていた。二段構えの鰻重を食べてくれればそれでよい。心が通じたことになる。今となっては旅の人でしかないチヨと向き合って食べるのもこれが最後だ。今日これから彼女を新幹線に乗せる。切符を握らせ、座席に着かせて、見送ってそれで終わりだ。手を振って気持ちよく送ってやろう。長生きしてくださいね、と付け加えてもいい。彼女はきっと長生きをする。痩せてはいてもどこが悪いというのでもない。胃と歯がとくに丈夫だ。小鮎を食うて育ったでわしの歯は医者いらずや、そう言っていた。梅干の種も奥歯で噛み砕いていた。音を聞いているだけで骨まで粉々にされてしまうのではないかと、不気味だった。胃も歯に劣らず丈夫だ。胸焼けも痛みも知らないというのだから珍しい。彼女に限って死の訪れはないのではないかと、そんなはずはないのに、羨ましいような何とも言えない複雑な気分だ。食事が終わったチヨに蜜柑を一個差し出した。彼女は受け取らない。無理に掌の上に載せた。チヨはその蜜柑をじっと見たまま言った。

「あんたわしを憎んでおるのやな。変わりおったのがその証拠や。憎まれても仕方ないわな。息子からあんたを取り上げてあのお人を家に入れようとしたんやからな」

チヨは顔を上げない。ほう。このチヨにして、気が咎《とが》めるのか。一度してしまったことは取り返しがつかない。傷め付けられた事実は忘れようとしても消そうとしてもなにをしても人生の一ページから抜き取ることはできない。傷め付けた事実も忘れようとしても消そうとしてもなにをしてもチヨの人生の一ページに残る。チヨの掌の中の蜜柑が握り締められている。やがてチヨは腰の曲がった丸い背をさらに丸くし、荷物部屋へ戻って行った。

あの日夫は、チヨと彼女を連れてどこへ行こうとしていたのだろう。チヨに聞いても、忘れてしもた、と言うばかりで埒があかない。高速道路へ入ったところでの朝の事故だった。ワイシャツのポケットにいつも入れてあった仕事用の手帳はなかった。プライベートの時間であったのだろう。上背のある細身の人だった。一緒に歩いた楽しいころもあった。精密機器メーカーで事務を執っていた。好きな女性と死んでいった。腕に力を入れて調理台を磨いた。冷蔵庫の扉を繰り返し拭いた。花瓶の水を替えてはまた替えた。全身の力を腕に掛けて床を磨いた。体を動かしていないと身がもたなかった。下駄箱の下段の奥の黒い靴を取り出した。あの日履いていた夫のものだ。両方揃えて摘まみ上げ、しげしげと見た。踵が外側に減っている。歩き方の癖でそうなるのだろう。憎い人の靴。未練がましく取っておいて。床に叩き付けた。拾っては叩き付けた。何度叩き付けても憎しみが消えるはずはないのに拾っては叩き付けた。やがて、きれいに拭って、元に戻した。

新幹線の時刻表を見ているとチヨが血相変えて荷物部屋から出てきた。

「今誰か来おったか。足音がしたでな」

「誰も来ませんよ。鰻重の器を引き上げに来た人でしょう」

「ほうか。誰が来おってもわしがここにおると言うたらあかんで。頼んだでな」

――誰が来ると言うのか。

「チヨさん荷物を纏《まと》めておいてくださいね。そろそろチヨさんを送って東京駅へ行かなければなりませんから」

「なんで行かんならんのや。わしはどこへも行かんで。仏壇もここへ帰ってくるでな」

「一応纏めておいてください」

チヨは黙って部屋へ戻って行った。

しばらくして声を掛けて入ると、蒲団にもぐっていたチヨが顔を出して言った。

「来おったか」

「誰がです？」

「わしに用事のある人や」

「誰も来ませんよ」

「ほんならあんたはここへなにしに来たんや」

「荷物を纏める手伝いに来たんですよ」

「何で荷物を纏めなあかんのや。わしは寝るで、出て行ってくれ」

チヨは蒲団にもぐり込んだ。

テーブルに頬杖を突いていると、荷物部屋の戸が音もなく開いて、コートを着たチヨが足音を忍ばせて出てきた。彼女は玄関へ向かって行く。どこへ行くにしても今出掛けられては困る。すぐにも東京駅へ向かわなければならない。

「ちょっとチヨさん、どこへ行くの？」

チヨは驚いた顔をしてこちらを見た。

「どこかてええやろう、買い物や」

「買い物？　ちょうどいいわ。それなら荷物を持ってここを出ましょう。会いたくない人が来るのでしょう？　会わなくて済むじゃありませんか」

チヨはそれには答えず、外へ出るでもなく部屋へ戻るでもなくうろうろしている。やがて荷物部屋へ戻って行った。

チヨが再び部屋から出てきた。玄関へ向かって行く。彼女はドアの把手を握った。握ったままじっとしている。すると把手を放した。何やら呟いている。

「ここにおったら連れていかれてしまうがな。どうしたらええやろう。外へ出ようにも出られへん。きっと途中で出会ってしまう。けどやっぱり外や」

チヨはまた把手を握った。ドアを一気に開き、通路へ出た。するとまた戻って来、荷物部屋へ入って行った。何をしているのだろうチヨは。一体誰が来るというのだろう。また出てきた。チヨがこちらを見た。

「あんた、裏口はあるんか」

「ないわ」

「ないんか。不便やなあ」

「階段があるから外へは出られるわ。でも玄関から出るんですよ」

「玄関を出てどっちへ行くんや」

「エレベーターの反対側です」

「ほうか。ほんなら逃げられるな」

「逃げるの？　鬼でも来るみたいね」

「鬼が来るんや。来んうちにわしは階段を下りて隠れておるでな。わしがここにおると言うたらあかんで。わかっておるな」

そう言うとチヨはなぜか外へは出て行かず、部屋へ戻っていった。

チヨが部屋から出て来ない。隠れるのではなかったか。戸の隙間から覗いた。経をあげ

ている。気が変わって客を部屋で待つことにしたのだろう。落ち着いたチヨにほっとして

テーブルへ戻る。以前チヨが作った安倍川餅が目に浮かんでいる。

「うまいで。早うおあがり。あんたに作ったたんやからな」

彼女がそれを作るとき必ずそのあとに大きな物が店から届けられる。箪笥であったりテレビであったり下駄箱であったりする。一時滞在するだけのことにどうしてそんな物が必要かと、目くじらが立つ。家の物と合わせて二重になってしまう。彼女に嚙みつかれるのが恐ろしく、買わないでくださいとも言えず、同じ物が二つずつになった身動きのとれない狭い部屋の中で右往左往する。チヨに下心があっての安倍川餅によい印象があるはずはない。しかしにこにこしながら作ったであろうことを考えると、忘れ難い。そこで餅を焼いた。湯にくぐらせ、柔らかくしたところで黄な粉をまぶした。緑茶を添えて盆に載せ、チヨのいる荷物部屋へ行った。チヨは相変わらず経をあげている。近くへ行って言った。

「チヨさん、安倍川餅ですよ。お茶を飲みませんか。一緒に飲む最後のお茶ですから」

チヨが顔を上げて、睨んだ。

「最後のお茶て、わしはどこへも行かんで。主人がここへ帰ってくるでな。ここがわしのうちや」

チヨの顔が引き攣っている。

「チヨさん、もう忘れてください。見切りを付けて出ていったのですから。ここにはチヨさんの居場所はありません。牧島へ帰ってください」

「わしの居場所は牧島にはないんや。どこへ帰ればええというのや、なああんた」

「チヨさんの居場所はきっとどこかにあるわ。牧島の嫁さんと相談したほうがいいわ。そうしてください。東京駅へは、送っていきます。いやでも牧島へ帰ってください。それしか方法がないのですから。東京駅まで、送っていきます」

「言うておくがわしは東京駅へは行かんでな。わかったら出て行ってくれ。早う出て行ってくれ。早う」

「わかりました。でもその前に安倍川餅を一緒にいただきましょう」

小さく千切った安倍川餅をチヨの掌に載せようとした。チヨはその掌を引っ込めた。そして言った。

「わしは最後のお茶は好かんでな。あんた一人で飲んだらええ」

仕方なくキッチンへ戻った。間もなく、ドアベルが鳴った。出てみると、背広にネクタイという身なりの整った年配の男性と、やはり同じ年恰好の女性がいた。男性は、ここにチヨさんがいるかと言った。黙っていると、彼らは名刺を出した。○○老人ホーム、としてある。男性は、今日これまでの経緯を語り始めた。本日入居の約束のできているチヨを牧島へ迎えに行った。チヨは出先の住所を嫁に残して三日前に家を出た。彼らはその住所へ行ってみた。しかしその辺りは更地になっていて家らしいものは見当たらない。戻って、嫁に心当たりを尋ねた。嫁は考え込んでいたがやがて、まさかと思うけど、と言ってここを教えた。

チヨのいる荷物部屋へ行く。

「あんたにお客さんですよ」

チヨの目が据わった。

「わしがここにおると言うたんか。言うたらあかんとあれほど言うておいたに何で言うたんや」

「お客さんは老人ホームの方ですよ。いけなかったかしら」

「あんたもわしを捨てたいんか」

「捨てたい？」

「嫁と組んで企んでおったんやな」

「企む？　何を？」

「わしを老人ホームへ入れることや。わしがそこを嫌っておるのを知っておりながらあんたらは企んでおったんや」

「チヨさんが老人ホームを嫌っていることなど今の今まで知らなかったわ。知らないものを企みようがないじゃありませんか」

「あんたらは組んで手筈を整えておったんや」

「手筈？」

「わしを老人ホームへ突き出す手筈や」

「そんなこと考えてもいなかったし、もちろん働き掛けてもいないわ」

「ほんならなんであんたの都合のええように事が運ぶんや。おかしいやないか。わしを東京駅へ送らならんとしつこく言うておったんは、あれは何やね。企みを隠さんがための細工だったんか。わしには都合悪く悪くと事が運ぶんや。いやでもここを出ていかなあんようになって。大嫌いな老人ホームへ入らなならんようになって。あんたらが企んでおるさかいそうなるんやろう？」

「ちょっとチヨさん、いいかげんにしてくださいよ。企んでなどいませんよ」

「ほんならなんでわしには行きとうもないほうへ行かなあかんようになってしまうのや。なああんた。何でやの。言うてみい。さあ言うてみい」

苦い唾を飲み込んだ。そして言った。

「誰が何をしたのでもないわ。チヨさんには老人ホームへの道が備わっていたんですよ。そういう道がチヨさんには付けられていたんです」

「誰が付けたんや。行きとうもない地獄への道を。なああんた。誰が付けたんや……」

「生まれたときから、チヨさんに付いていた道なんです。その道をチヨさんはこれまで抱えてきたのです。抱えて生まれてきたのですから、どんなに厭でもその道を避けることはできないのです。チヨさん自身にそなわっていた道だからですよ」

「わしはそないな道知らんがな」

「年寄りだからと言って、甘えていられない世の中になったのです。年寄りも考えなければならない世の中がきたのです。今の世の中を渡っていこうとすれば、我儘《わがまま》で通してきた昔を捨てるんです。さあ行きましょう。待たせては悪い」

「わしは老人ホームへは入らんで。わしを口説き落とそうとしても無駄やで。帰ってくれ」

チヨは男性の胸元を両手で摑んで揺さ振った。

「帰ってくれと言うたら帰ってくれ。わしは嫁に騙されてしもたんや。立派な老人ホームやでここへ判を捺《お》せて。わしは捺してしもた。山の中とも知らずにな。わしは嫁に騙されて捨てられたんや。自分は街の中のアパートで暮らすやなんて。勝手なんやから。息子が生きておったらこないな惨めな思いをせんかて済んでおったんや。突然倒れて死んでしもた。ここの嫁には黙っておったんやけどな。心臓が苦しうなって、あっという間に逝ってしもうた。大家も大家や。あの子が死ぬと早速やって来おって、立ち退けと言いおった。建物が古いで壊さなあかんと」

揺さ振られても動じない男性の胸元からチヨは手を外し、女性の胸元へ矛先を向けた。

「悔しいて悔しいてならんのや。わしみたいな不幸なもんはおらん。嫁に捨てられて、二人の息子に死なれて、ここの嫁にも嫌われて、わしはどうすればええのや。どこへ行けばええのや。行くところがないやないか」

女性は揺さ振られても男性と同じようにされるままになっている。チヨは再び男性の胸元を摑み、揺すった。

「老人ホームは厭や。わしは資産家の人間やでな、そこまで堕ちとうはないのや。恥や。恥なんや。仏壇がここへ帰ってくるで、わしはここを動けんのや。仏壇は主人やでな」

男性は何も言わず柔らかい表情で揺するチヨを黙って見ている。

「チヨさん、仏壇は明日わたしどものところへくるのですよ。運送会社の人が手配をしてくれたのです。一足先に行って向こうで待つことはできませんか」

男性の胸元を掴んでいるチヨの顔を覗くようにして女性が言った。

「嘘や。あんたらの言うことは嘘や。わしを騙して連れて行こうとしておるだけや。仏壇はここへ帰ってくるて、警官が言わはったんや」

チヨは女性に向き直って彼女の胸元を掴んだ。

「あんたの言うことは嘘や。嘘や嘘や」

「嘘ではありません。わたしは嘘をつきませんよ。これから一緒に暮らす人ですもの。嘘を言ったり騙したりするものですか。仏壇は牧島でもここでもなく、わたしどものところへ帰ってくるのです」

「嘘や。嘘に決まっておる。あんたらもわしを騙そうとしておるんや。わしにはわかるんや。嫁はわしから息子を奪い取った。息子が死んだんも嫁のせいや。嫁のせいなんや。普段から気をつけてやっておれば息子は死なんで済んだんや。嫁があの子を殺したんや。わしの大事な息子を嫁が殺したんや。殺されたわしの気持ちがあんたらにわかるか」

チヨは女性の胸元を揺さ振り続ける。女性は揺さ振るチヨの握り拳を自分の手でやさしく包んだ。チヨはその手を邪険に払った。

「わしは息子を殺した嫁が憎いんや。息子は死んでしもて、嫁は生きておる。生きておる嫁が許せんのや。あんな嫁死ねばええのや」

女性はチヨに胸元を摑まれながらも決してチヨから目を離すことなく、やさしく頷く。

「嫁はわしに佃煮ばかり食わせおった。自分らは刺身を食うて。わしは息子から分けてもろうた刺身を食うたんや。わしの世話もろくにせんと何や知らんけど真っ昼間から本ばかり読んでおって。何様のつもりや。わしは嫁から本を毟《むし》り取って炎の出ているガス焜炉《コンロ》の上に置いた。本は気持ちよう燃えていきおった。嫁は燃えていく本を怒りもせんとじっと見ておった。あの嫁は気味悪いんや。人から美人やと言われるもんやからつんつんしおって。わしは息子を殺した嫁を殺そうと思うたんや。ほんで嫁の帰りを棒を持って待っておった。殺すことしか考えておらんかった。嫁は夜中に帰ってきおった。息子と一緒やった。わしは力が抜けてへなへなと崩れてしもた。殺せんかった。わしの周りにはやさしい人は一人もおらん。偉そうにみなわしに説教しおる。わたしならこうする。あんたもこうせえて。途端に反発しとうなる。鼻を明かしてやりとうなるわ。神さんみたいなことを言いおってあんたいつ神さんになりおった。わしと嫁のことをどこまで知っておってそないなことが言えるんや。よう知りもせんと。わしと嫁の間に常識が通用するとでも思うておるんか。わしはいらん他人に説教されると脈が物凄う早うなって暴れ出すんや。こいつは間違っても味方にはならんとな。すると敵を見る目に変わるんや。説教する奴はわしに取って敵や」

女性がチヨの目をしっかり見て頷く。横で男性も頷く。

「あんたらわしの話をよう聞いてくれはってわしは嬉しいんやけど、あんたらもわしの敵やろう」

「チヨさん、わたしたちはチヨさんの敵ではありませんよ。味方です。どんなことでも構わないからわたしに話してください。わたしはチヨさんの味方ですから」

「ほんまにわしの味方か？」

女性は自分の胸元のチヨの手を両手で包んでぐっと握った。

「味方ですよ」

「ほうか。味方か。ほんならあんたはんは、わしのたった一人の味方やな。わしに説教せんな。わしは一生懸命生きてきたんや。主人を早うに亡くしたで、人に負けておっては二人の息子を育て上げることはできんかった。学校を出すまではと、朝早うから夜遅うまで機を織ったんや。織り上がった反物は問屋へ持って行くんや。問屋はわしが女やさかい軽う見おって後廻しにしおる。わしは反物を買うてもらわなあかんよって、買うてくれはるまで、何時間でも待つんや。そうせな家へ帰れへん。息子らが迎えに来おる。ほんでも買うてもらえんうちはそこを動けんのや。三人でおったんや。寒うて歯ががたがた鳴りおった。夫が生家から引き継いだ家業やで潰せんこともあってな。わしあんたはんにだけ言うけど、苦労をしたんやでえ。これまで誰にも言わんかった。莫迦《ばか》にされるで。聞いてくれはる人もおらんかったしな。卒業を間近にして息子が言うた。うちらが働くでもう楽になったらええて。ほんで機屋はそのまま夫の生家へ戻したんや。二人の息子はわしを大事にしてくれおった。わしの誕生日には鰻を食べに行ったんよ。あのころが懐かしいなあ。主人がいてくれはったら、なおのことよかったになあ。息子たちはそれぞれ嫁をもろた。この嫁はええ人なんよ。わしに説教らしい説教はせん。わしはここの嫁が好きや。いざというときはと、当てにしておったんやけど、あかんかった。はははは。わしが傷め付けてしもうたで、あの子は考えおったんや。なああんたはん、これは内緒やけどな、わしな、拗ねて安倍川餅を食べんかった。本当はな､喉から手が出ておったんよ。好きやさかいな。はははは。うちの嫁もわしに説教せんさかい、ええ人なんやけど、本を燃やされても黙ってすうっと消えてしまいおる。そういうところが好かんのや。誰かて好かんわなあ、何考えておるかわからんで気味悪いさかいな」

女性は笑いながら深く頷く。

「あんたはんはわしに説教せんなあ。わしが嫁を悪う言うてもわしをじっと見て話を聞いてくれはる。そないな人はおらんかった。あんたはんはええお人なんかもしれんな。きっとええお人なんよ。あんたはんにならこのわしを預けてもええ気がしてきおったわ。あんたはんにならな。なんや知らんけど胸が軽うなって、さっぱりしてしもた……」

「チヨさんは寂しかったのね。息子さんを失って、家も失って、こんな辛いことはないわね。そうなったらわたしだって途方に暮れてしまうわ。よくここまで我慢してきたわ。あとはわたしたちと一緒に、のんびり、暮らしていきましょう」

チヨの握り拳が女性の胸元からいつ離れたのか、チヨの手は、チヨの胸の前で女性に包まれていた。

「なああんたはん、仏壇はここへは帰って来んのやな。わしがここで待っておっても主人はここへは戻って来んのやな。わしは主人のおるあんたはんのところへ行かんならんのやな。主人のおるあんたはんのところへ」

女性は笑みを浮かべて頷いた。

「あの人は向こうでわしの来るのを待っておってくれはる。わしは向こうへ行かなあかんわ。なああんたはん、わしを主人のおるあんたはんのところへ連れて行ってくれはらんか。頼みますで。わしを待っておってくれはるあの人のところへな」

女性はチヨを胸に引き寄せ、抱き締めた。チヨの目から大粒の涙がこぼれた。

男性はチヨのリュックサックと、チヨが両手に持っていた手提げ袋とを持ち、女性はチヨを抱えるようにしてエレベーターへ向かった。やがて下の道に、豆粒ほどの、三人の姿があった。

石の鷺

かつて住んでいた家の若木だった藤は、棚いっぱいに蔓《つる》を延ばした大木になっているだろうか。家の前の道はどうなっているだろう。あのころと変わらず人通りが少ないのだろうか。道より僅かに高い所にある家の、居間に続く応接間が、一際はっきり浮かんで見える。

あの日、白い鳥が、片脚を下げたまま目の前を横切った。

ソファーに腰を下ろしていた叔母が、曲がらないほうの膝を押さえて立ち上がり、気遣う瞳で白い鳥の行く手を追った。

「あれは鷺《さぎ》でしょう？　脚に怪我をしているんですよ、きっと。可哀相に」

叔母の声が小刻みに震えている。

鷺は雪の残った駐車場の、屋根代わりの藤棚に下り、翼を広げてもがいた。もがくたびに脚が蔓に喰い込むのか、やがて動かなくなった。

叔母の背に腕を廻し、玄関の外へ出た。前夜の雪があらかた溶けた昼過ぎ、藤棚の下は蔓の間から落ちた雪の上に、鷺が暴れて落としたと思われる細かい雪が散っている。道には雪はなく、柔らかい日差しが辺りを和らげていた。五、六段の石段を道へ下り、石垣に寄り添うようにして叔母と並び、首を伸ばして藤棚の動かなくなった鷺を見上げた。蔓の間から鷺の脚が僅かに下がっている。ふと、藤棚の下の、細かく散っている雪に混ざった赤い点が見えた。赤い点は鷺の脚を伝って落ちた血だった。

近くで猫の声がした。大きな野良猫が道の反対側で目を据え、藤棚を見上げている。鷺が動いた。蔓に喰い込んだ脚を引き抜こうとしている。雪に混ざって血が滴り落ちる。猫が体を低くして近づいてくる。鷺が舞い上がった。だがすぐ道に落ちた。猫が飛び掛かった。唸りながら血に染まった鷺の脚を銜《くわ》えた。駆け寄って行き、猫の頭を思い切り叩いた。猫はもぎ取った脚を銜えて逃げた。ポケットからティッシュペーパーを取り出し、血に染まった鷺の脚の付け根を覆い、そっと抱きかかえた。

叔母が額に手を当て、石垣に凭《もた》れている。眉根を寄せた顔には血の気が失せている。

「叔母さん」

声をかけた。返事がない。もう一度かけた。

「沢田の叔母さん」

叔母が顔を上げた。

「少し気分が悪くなっただけなの。すぐによくなるから心配しないで」

猫が鷺の脚をもぎ取るのを見て、叔母はショックを受けたのだ。

叔母を背負い、一方の腕に鷺を抱え、石段を登り、玄関へ向かった。叔母の体が軽い。覚えのある柔らかさがない。いやな予感がした。病気をしていたのではないだろうか。色白で体が細いせいか弱そうに見える。だが風邪も引かないほど丈夫だといった叔母を思い起こし、痩せたのは病気ではなく、年を取っただけなのだと、自分に言い聞かせた。

鷺は部屋の隅で翼を締まりなく広げ、うつぶし、荒い息をしている。この鷺をどうしたらよいものか。箱の中の薬に手を伸ばす。

脚をもぎ取られたあとの傷口は血に染まった羽毛がティッシュペーパーに張り付き、その上に真新しい血が滲んでいる。塗られた薬が沁みて暴れ、飛び上がろうとする。両手を軽く添え、落ち着くのを待って、顔を覗いた。丸い目がこちらをじっと見た。「助けて」と言っているのだ。「もう少し待っていてね。楽にしてあげますからね」電話帳を捲（めく）り、鷺を保護してもらえそうなところを探した。

床に臥（ふ）せっている叔母の蒼白い顔がやはり気になる。百キロも離れた我が家へ娘に車で送られてきて三日になる。いつもはこちらから行くばかりで、誘いの言葉を掛けても、悪い脚を理由に来ようとはしない。その叔母が、夫の単身赴任中、自分のほうから突然やってきた。娘は叔母を預けると、体調のすぐれない姑の世話で目が離せない、と言って、すぐに帰っていった。

叔母が自分で彫ったという土産の木のレリーフを手に取った。三体の立ち姿の裸婦が浮き上がっている。そっと手を触れると、木の感触が伝わってきて、彫っているときの叔母の姿が甦った。叔母は悪いほうの脚の上に膝覆いを掛け、額の汗を手の甲で拭きながら彫っていく。

叔母夫婦の家を訪れたのは、二年前の夏、生家を訪れた帰りだった。生家は叔母の家には近い「沢田」の駅から一駅先の古い町にある。朝から蒸し暑く、妙に頭の重い厭な日だった。しかし通り過ぎる気にはなれず、土産の水羊羹《みずようかん》を手に、老夫婦を見舞うつもりで寄った。

生家は叔母が生まれ育った家で、叔母には兄である父が後を継いだ。その父もすでに死に、母は疾《と》うに死んで、世代が代わっている。家だけは昔のまま少しも変わっていない。祖父の前の代まで十代続けて宿屋を営んできたという茅葺《かやぶ》きの古い家で、修繕以外は手を加えることなく、形を保っている。重い大戸を開けると、土間の黒々とした太い梁《はり》が押し潰さんばかりに迫ってくる。そこから蛇が落ちてきたことがあった。ドスンという夜半の大きな音に驚いて飛び起きた。太くて長い蛇が腹を上にして伸びていた。蛇は家族の者の悲鳴に驚いてか、素早く柱を登り、梁を伝って、蜘蛛《くも》の巣の張った天井の高いところへ消えていった。座敷に落ちてきたことはなかった。座敷の梁の上にはすのこが敷いてある。普段はその上にいるのだろう、落ちてこない。たまに梁の上に出てくることがある。小学生のころであったか、ある昼過ぎ、午睡から覚めると、梁の上の白いものがぼんやり見えた。目を擦《こす》ってよく見ると、蛇の腹だった。土間に落ちてきたときの音が頭の奥で響き、思わず両手で耳を覆った。やがて白い腹が顔の真上から逸れ、尾が小さく跳ねて、蛇が消えていったあと、黒々とした太い梁をじっと見ていた。体が天井に吸い込まれていき、そこから下を見ている自分が見え、気味の悪さに寒気が走った。その光景は三十年余り経った今になっても鮮明に浮かび上がり、思い出すたびに背が震える。その家で生まれ育った沢田の叔母も、高い天井の梁に吸い込まれる気持ちになったことがあっただろうか。

叔母の家は午後の日差しにトタン屋根がぎらぎらしていた。坂の下に立って、汗を拭きながら老夫婦の姿を思い浮かべていると、叔母が見つけて駆け寄ってきた。着物の裾が乱れないように合わせ目に手を添え、悪いほうの脚を引いて走ってくる。見苦しいほど引くでもなく、片方の肩が極端に下がるでもなく、上手に走るものだと、どう贔屓目《ひいきめ》に見てもかなり不調和な叔母の脚を身贔屓している自分に苦笑し、急ぎ足で近寄っていった。

二人は互いに微笑み、手を取り合った。それが挨拶だった。

竹細工職人の叔父が仕事の手を休め、膝の上の竹屑を払い、満面の笑みで近寄ってきた。

「妻のこの喜びようを見てやってください。落ち着かないんですから。ゆっくりしていってください」

仕事場は農具の箕《み》や籠《かご》で足の踏み場もない。熱気に混ざって竹の匂いがした。いつもは好きな匂いがその日は頭が重いせいか鼻についた。周囲に農家が多いことから叔父の作るものは農具が主で、手の空いたときに花生けの籠を編んでいる。

叔母は、土産の菓子箱を両手で受け、箱の表を見て笑みを浮かべた。

「まあ。松屋さんの水羊羹ね。懐かしいわ。あそこの羊羹はおいしいのよ」

叔母は水羊羹の箱に顔を近づけるようにして表面を撫でていたが、やがて部屋を出ていき、不自由な脚を苦にもしない様子で茶菓子を運んで来た。茶を一口飲んでは、泊まっていくようにとしきりに奨める。

その気になれないでいると、叔父が仕事場から声を掛けた。

「どんなにか会いたがっていたんですよ。渡したいものがあるそうで。泊まっていってくれませんか」

——渡したいもの。

叔母夫婦のありがたい気持ちに押され、泊めてもらうことにした。

いそいそと立っていった叔母が、浴衣を胸に抱えて戻ってきた。

「そうと決まったらこれに着替えて楽にして。娘に仕立てたのに一度も袖を通してないの」

叔母が差し出した浴衣は渋い色の、年齢に相応しいものだった。

「娘は滅多に来ないから着る折もなくて……。着てやってください」

仕事場からの叔父の明るい声に、頷いた。

奥の部屋で着替えを済ませ、戻ってくると、待ち構えていたように叔母がいっぱいの笑みで迎えた。

叔父が仕事場からこちらを見て言った。

「似ているね。まるで親子だ」

「そうなの。美緒《みお》ちゃんはお父さん似だから顔立ちがそっくりなの」

叔母の声が満足そうに明るい。

通りの窓ガラスに映る自分の顔に叔母を見てどきりとしたことが何度もある。そういうこともあってか叔母を身近に感じていた。会えないでいる間も頭のどこかに叔母はいた。

木彫のレリーフを叔母が出してきた。

「これは黒檀《こくたん》という硬い木で彫ったの。鑿《のみ》が入らなくて苦労したわ」

俎板《まないた》ほどの大きさのそのレリーフは黒くて重みがあった。指で叩くとカンという堅い音がした。椅子に座った裸婦が浮かび上がっている。このような堅い木を細い体でよく彫ったものだと、どこにそんな力が潜んでいるのか、不思議な思いで、裸婦の上に手を置いた。

「あれが材料の板よ。角材がなくなってしまったから買いにいかないと……」

叔母は部屋の隅に積んである板を指差した。どれも四、五センチはありそうな厚い板で、製材されたばかりのものから表面が黒っぽくなった古いものまである。大きさはさまざまで、雑誌ほどの小さなものから、裁ち板ほどもありそうな大きなものまである。中に交ざって黒檀があった。堅くて苦労したという黒檀のレリーフと、板のままの古い黒檀とを見比べ、その変化に驚いていると、叔母が角材を彫って作ったという裸婦の立像を見せた。台座をつけて彫ってある身の丈四十センチほどの立像は、桂の木独特の赤味がかった茶色で温かみを醸し出し、どこか叔母に似ているような気がして胸に迫ってくるものがあった。遠くへ離したり近くへ寄せたりして、しばらくは見ていた。

「商売柄、材木屋でも石屋でも知り合いが多いものだから、妻が使うものはわたしが購入してくるんですよ」

叔父が仕事の手を休めずにこちらをちらりと見て言った。石屋。そういえば玄関の脇に長方形の白い石があった。庭石や川原の石とは違っていることに気づいてはいたが、そのまま入ってきた。

長い竹を脇で押さえ、刃を入れては裂いていく叔父の横顔をそれとなく見、温厚で優しそうなこの人との再婚は叔母にとって幸せであっただろうと、他人事とは思えず胸の温まるのを感じた。娘夫婦と別に暮らし二人だけの生活の中で、叔母が叔父の仕事場で過ごす時間は多い。お茶を煎れたといっては持っていき、おもしろい話が載っていると言っては新聞や雑誌を持っていく。ときには繕い物や趣味の彫り物もそこでする。「うるさいというから隅でおとなしくしているの」などと、まるで幼子のような初々しさで言う。

子供のころの記憶に、若い叔母の姿がある。病気を抱えて嫁ぎ先から戻ってきた叔母が生家で暮らしていたおよそ一、二年のことだ。初めのころのことは覚えていないが、叔母が生家を出るころになって度々外出していたのを知っている。そのときの叔母の姿が脳裏に焼きついている。

叔母は赤い着物を着ていた。渋い色の着物を着た人が多い中で、桜の花模様の赤い着物は人目を引いた。風呂敷包みを抱え、日傘を差して出掛けていくその後ろ姿を小さくなるまで見送った。叔母は別世界の人のように見えた。桜の花模様の赤い着物を着たいと母にせがんだ。「年頃になったらきれいな着物をたくさん作ってあげますからね」母が肩に手をおいて宥《なだ》めた。「きれいな着物じゃなくて桜の花模様の赤い着物がほしいの。赤い着物なの。日傘もほしいの。今すぐ買ってきて。早く買ってきて」母を困らせた。「それでは叔母さんに一日だけ日傘を貸してもらいましょう」駄々を捏《こ》ねる子に母は手を焼いていた。「いやよ。そんなこと叔母さんに言わないで」悲しくて情けなくて、泣き出した。「大きくなったら叔母さんに着物を縫ってもらいなさい。叔母さんは腕のいい人だから。今から頼んでおくといいわ」「頼めない。頼めないのよ、叔母さんには」「どうして頼めないの？」「だって叔母さんは遠い世界から来て遠い世界へ帰っていってしまう人だもの」幼心に美しいものは長く留まらないと思っていた。

叔母はいつも土産を抱えて帰ってきた。「美緒ちゃんここへいらっしゃい」嬉しそうな顔で包みを解く。「松屋さんの水羊羹よ。美緒ちゃんの大好きな水羊羹」出てくるのは決まって和菓子だ。桃山であったり吹雪であったり、あるいは金鍔《きんつば》であったりする。駅前の松屋の水羊羹が一番好きだった。季節の物でいつもあるとは限らない。そんなとき叔母は、「今日は吹雪よ」などと言って顔を覗き込む。胸がわくわくするほど嬉しいのに、なぜか手を出せない。出せないのだ。手を取られて、その上に載せられる。その手の上の菓子が叔母を前にして食べられない。恥ずかしいのだ。見ているだけで、口に運べない。母がそばで、「遠慮しなくていいのよ、喜んでいただきなさい」ときつい言葉を掛ける。遠慮しているつもりはないのに、なぜか叔母の前では食べられない。「美緒は叔母さんに顔かたちがよく似ているから叔母さんが好きなのね。ちょっと違うところは色の黒いところかしらね」気にしていることを母は平気で言う。父も「お前はエチオピアだ」などと色の黒いのをおもしろがる。エチオピアが何であるのかわからず、母に尋ねた。「ひところ流行した言葉なの。色の黒い人のことをそう言ったのよ」叔母のように色白であったらきれいな女の子であったのにと、叔母が羨ましかった。記憶の中にはなぜか脚の悪い叔母の姿はなかった。脚の揃ったきれいな人形を見るような目で叔母を遠くから見ていた。

暗くなるにはまだ早い時刻に夕立がくるのか、空模様があやしくなった。ただでさえ頭が重く気分がよくないのに、背の汗が浴衣を汚しはしないかと、気になり、寒気さえ引き起こす。

叔母は曲がらないほうの脚をやや内側に伸ばして座り、鑿の刃に親指の腹を当て、切れ具合を試している。鑿を動かすたびに刃が光る。光る刃が胸を刺す。避けて視線を外すと、背の汗がまた気になり寒くなる。鑿は七、八本ありそうだ。刃の点検は終わりそうもない。伸ばしている叔母の膝が気になっていた。どうしようというのでもないのに、ただ気になっていた。

叔父が仕事の手を休め冷たい飲み物を運んできた。ついでに叔母の脚に大振りな膝覆いを掛け、「このほうが落ち着くだろう」とだれにともなく言い、薄い笑顔を見せて仕事場へ戻っていった。

大振りの膝覆い。細かい模様の絹の光沢が気を引いた。裏地の付いた絹の膝覆いは叔母の脚に馴染んでいる。じっと見詰めたまま、その絹地を裁断している叔母の姿を頭の奥に映していた。

叔母は作りかけのレリーフを手馴れた手付きで彫り始めた。普段は気にもならない刃にこの日ばかりは恐怖を感じた。木を彫る音がリズムを乱すと刃の光までが乱れ散り、胸に突き刺さり、鼓動が激しくなる。堅い木と鋭い刃は老いた叔母には似合わない。そう思いながら叔母の顔を見た。すると叔母も手を休めてこちらを見た。

「刃物は危ないから木彫は止めたほうがいいと娘が言うの。すこしも危なくないのに。彫っているときは楽しいもの。刃も自分で研ぐしね」

叔母は刃先をこちらに向けて見せる。瞬間寒くなる。まぶたを閉じるとよくない考えばかりが頭の奥を走る。叔母の手が滑って悪いほうの膝を刺す。血が噴き出し、叔母の意識が薄れていく。気づくと叔母の悪いほうの脚をじっと見ていた。

「美緒ちゃん。わたしの脚のことを考えていたのでしょう。さっきから何を言っても返事がないんですもの……」

慌てて笑顔を作り首を横に振った。

「あのころは辛かった。けれど、もう昔のことよ」

叔母はそう言ってそのころのことを語りはじめた。

十八歳で呉服屋に嫁いだ叔母は、よい縁組みと喜んだ。だが夫は家業の呉服屋には身を入れず、店の金を持ち出しては街で遊んだ。店は姑と二人で続けはしたものの、生活は苦しくなるばかりだった。そうこうしているうちに夫は質の悪い病気に罹《かか》り、毒が体に廻って苦しむようになった。医者にも見放され、もはや健康を取り戻せる状態ではなかった。姑は店だけを残し、山も畑も売り、治療代に代えた。だがその甲斐もなく、夫は死んだ。病気は叔母に感染していた。問屋への支払いも滞る中で充分な治療もできないまま立ち働かなければならなかった。病気は膝の関節を冒していた。ある日実家の父親が膝を庇《かば》いながら客と応対している娘の姿を見た。店も狭まり客の出入りも極端に少なくなっていることから、事情を察し、連れて帰り、医者に通わせた。

「病気が治るまでという約束で婚家を出たんですよ。でもあの日が最後でもう戻ることはなかったわ。一生添い遂げるつもりで嫁いだのに、明日のことはわからないわね」

生家に帰ってきても叔母の膝は一向によくならない。父親は心配し、名医と聞けば連れていき、妙薬があると聞けば買って飲ませた。だが恢復《かいふく》の見込みはなかった。医者は膝の切断手術を勧めた。叔母は塞ぎ込み、部屋に引き籠もった。食事も拒み、周囲の者の励ます声にも耳を貸さず、医者にもかかろうとしない。生きる望みを失い、死ぬことだけを考えていた。ある晩、座敷の梁に梯子を掛けた。

叔母はそこまで話すと言葉を詰まらせた。

「長い梯子を一段一段登るたびにきしむんですよ。そっと登っていって、梁に紐を渡し、結んでいると、これで終わった、という気持ちになったのか急に楽になってね」

覚悟はできた。不思議にも叔母は恐怖に襲われなかった。梯子を下り、部屋に戻って最後の手紙を書いた。何も怖いものはなかった。父親も兄も明日でなければ戻らない。叔母は二人の嘆く姿を想像した。物音の絶えた真夜中、叔母の頭の中は過ぎた日のことでいっぱいであった。泣きじゃくる女がまぶたに映った。女は、死んだ母親だった。

外は静かだ。遠くで犬が鳴いた。叔母は机に顔を伏せた。足音が聞こえる。庭を誰か歩いている。まさかこんな夜更けに……。叔母は聞き耳を立てた。確かに聞こえる。人の足音だ。庭ではない廊下だ。両手で顔を覆って足音の遠退くのをじっと待った。足音は突然速くなった。こちらに向かってやってくる。障子が開いた。目に涙を溜めた兄嫁が立っていた。梁から吊るしてある紐に気づき、慌てて叔母の様子を見に来たのだ。兄嫁は叔母を抱き締め、大声で泣いた。

「あのとき美緒ちゃんのお母さんは、様子がおかしいことに気づいたのね。廊下を歩いても部屋の中が静か過ぎて人のいる雰囲気ではなかったらしいの」

「それで庭を見に行ったんですね、母は」

「昼間見ると緑の美しい木も夜は黒い塊で気味が悪かったと言っていた。庭を隅々まで見て、変わったことはないから、ほっとして軒下まで戻ってきたとき、そこにあるはずの梯子がないことに気づいたんですって」

黒光りした太い梁が脳裏に映る。見覚えのある長い木の梯子が天井の梁にかかっている。赤い着物を着た人形が手に紐を持って登っていく。紐は垂れ下がり、登るたびに跳ねる真っ赤な着物の裾に寄っては離れる。色白の丸い顔に二重まぶたの目が梁を見ている。黒い髪が背に流れ、白い頬が露わになり、一層大きく見える目が梁に吸い寄せられていく。人形は梯子段を登り切った。両腕を梁に廻し、紐をかけ、結んだ。やがて白い首が紐にかかり、人形の体が宙に浮いた。腕を横に張り、桜の花模様の長い袂を広げ、揺れ始めた。次第に大きく揺れ、やがて円を描き、速度を上げて廻り出した。深夜の暗い部屋の中でそこだけが明るく照り映え、黒い髪が乱れ、赤い着物が飛んだ。

顔の前の人形を払った。狂った人形は廻り続ける。払う手は激しく顔の前で動き、やがて頭痛のする熱い頭を掻き毟った。

トタン屋根に叩きつける雨が樋から溢れ、軒下の土を跳ね上げている。叔父の仕事場から天気の模様を伝えるラジオの声が聞こえてきた。

叔母の話し声が小さく聞こえる。

兄嫁が梁の紐に気づいて事無く済んだが、叔母は心を開こうとしない。父親も兄も遠くから見守る以外に道はなかった。叔母は医者への行き帰りも泣いてばかりいた。だが通い続けた甲斐があって、治る見込みのなかった膝が切断を免れるまでになった。骨が固まって曲がらなくなったが、命に別状のないことを思えば、喜ばなければならなかった。叔母に笑顔が戻った。父親は元気になった叔母を芝居見物に連れていった。だが人の目が叔母の脚を刺した。叔母は耐えられなかった。そしてまた部屋に引き籠もった。そんなとき叔母に再婚の話が持ち込まれた。生まれるとすぐに母親を亡くした父のない子で、親戚を廻されて育ち、学校へも満足にいかせてもらえないまま竹細工職人に弟子入りし、真面目で正直なところから親方に認められ、独立させてもらったという男だった。「どうして孤児のところへいかなければならないの。いやよ」叔母は、再婚はしないと言い張った。父親もこの話には反対だった。「そんな人のところへうちの娘がいくことはない。せめて親か兄弟のいる人なら考えなくもないが」しかし兄は乗り気だった。「何代続いた家か知らないがね、宿屋をしていたころはともかく、今は財産などないんですよ。父親が甘いから妹が我儘《わがまま》になるんです」普段は口数の少ない兄が強い口調で言った。兄は、男の素直そうな性格に引かれ、叔母に再婚を勧めた。叔母は男の柔和な顔立ちから悪い人ではなさそうであると思いながらも、結婚を考える気にはなれなかった。男は、近くへ来たときは立ち寄った。ある日男は、叔母を散歩に連れ出した。叔母はためらったが付いていった。そのときのことを思い出して叔母は目を輝かせた。

「『脚を引いて歩くのを見られるのが厭なだけでしょう。父親が優しいから甘えたかったんですよね。自分の父親はどこの誰かわからないんですから、酷い話ですよ。脚が悪いくらいなんですか』そう言って悪いほうの脚をポンと叩いたんです。それまで脚のことには誰も触れようとしなかった。見て見ない振りをした。そうされると滅入ってしまう。でもあの人は叩いたんです。脚が悪いくらいなんですかって。嬉しかったわ。この人となら幸せになれるような気がして」

夕立が上がっていた。叔母は外の一点を見つめ遠い日のことから覚め切れないでいる。これまで言えなかったことが自然に口に出るようになったという。

「風呂が沸いているよ。夕食の準備もできているよ」

叔父から声がかかった。

恐縮しながらも好意に甘え、勧められるままに一番風呂をいただき、叔父の手作りの五目飯にお造りという心尽くしの夕食にあずかった。

床に就くには早い時刻に叔母が奥の部屋から、渡したいというものを持って現れた。

「桜の花模様の、赤い着物、というわけにはいかないから、気に入ってもらえるかどうかわからないけど、仕立てましたわ」

着物。桜の花模様の赤い着物がほしいと、子供のころ、母にせがんだ。母は、大きくなったら叔母さんに縫ってもらいなさいと言った。叔母はそれを知っていて、長い間忘れなかったのだ。包みを開くと、その着物は出てきた。淡い紫の桜の花模様が、気品を漂わせて浮き立っていた。赤い着物が、淡い紫の着物になって今手の届くところにある。叔母は、桜の花模様の着物をほしがっていたことを、ずっと憶えていたのだ。そして仕立て、あのときの幼い美緒の来るのを待っていた。目頭が熱くなった。叔母は着物を手に取ると、美緒の胸に当てた。

「美緒ちゃん。桜の赤い花模様の着物、よく似合っているわ」

叔母の手をしっかり握った。握った手に、桜の花模様の着物を着た叔母の後ろ姿が霞んで見えた。

姿見の前で、淡い紫の着物に腕を通した。叔母が襟元に手を添えた。

「桜の花模様の赤い着物」

叔母の声がかすかに聞こえた。叔母はその言葉を頭の中で長い間繰り返していたのではないか。赤い着物を着て出ていく自分の後ろ姿を、指を銜えて陰から見ている小さな美緒を脳裏に浮かべて。その光景を脳裏に描き続けてきた美緒と同じように。叔母にとっても淡い紫のこの着物は、桜の花模様の赤い着物に違いなかった。

夜も更けてから叔母と床を並べて寝た。

「美緒ちゃんはいつまでも幼いときの美緒ちゃんね」

自分の中にもいつも桜の花模様の赤い着物を着た若いままの叔母がいる。

翌朝早い時刻に目を覚ました。横の叔母はまだ眠っている。上を向いている叔母の横顔が似ても似つかない母の顔に見えた。オカッパ頭の前髪を切るのはいつも母だった。母に髪を切られるのが厭で逃げ廻った。逃げ廻る娘を母は捕まえて切った。額がまるまる見えてしまうほど短く切るのだ。伸びの早い髪の、切る手間を省くための母のやり方だった。恥ずかしくて堪らず、手で額を隠して近所の子供たちと遊んだ。叔母であったらどんなふうに切っただろう。多分鏡の前に座らせ、顔に似合う長さに切ってくれたのではないか。まったく違う叔母の寝顔に母を見ていた。

風邪で気分がすぐれず、叔母夫婦には不快な印象を与えたのではないかと気になりながら、見えなくなるまで見送る老夫婦に手を振って応え、しばらくは来られないのではないかという予感に、いつもとは違った気持ちで帰路についた。

猫に脚をもぎ取られた鷺は、居間の隅で身を投げ出したままじっとしている。傷の痛みに耐えているのかそれとも痛みが治まったのか、静かに目を閉じている。そばで臥せっている叔母の顔に赤味が差していた。首の辺りの蒲団をそっと直した。それに気づいてか叔母は目を覚まし、かたわらの羽織を背に掛け、鷺に目をやった。しばらくは難しい顔で見ていたが、やがて横にある牛乳に気づいた。

「飲んだの？」

僅かに首を横に振った。

鷺は痩せていた。胴体を触ると骨が手に当たった。引き締まった筋肉の感触はない。嘴《くちばし》を広げ、牛乳を飲ませても、すぐに戻す。玉蜀黍や穀物にも振り向かない。ときどきこちらをじっと見る。見られると胸が痛む。

叔母は、口を利かないだけに鷺が哀れだと言った。

栞《しおり》を挟んでおいた電話帳のページを開いて叔母に見せる。

「何軒かの動物病院に問い合わせましたのよ。鷺は飼える鳥ではないから、治療を希望するのであれば応じますが、そのあとはどうしますかって。野鳥観察舎へ連れていったほうがよいのではないかと……」

「野鳥観察舎？」

「そこは野鳥の観察だけではなくて傷を負った野鳥の治療もしてくれるんですって」

自分も一緒に行くという叔母を車に乗せ、野鳥観察舎へ向かった。

湾に沿った幹線道路からわずかに逸れた川沿いの砂利道を一キロほど行ったところに、鉄筋コンクリートの三階建ての観察舎があった。川に沿って広い範囲に蘆《あし》が生い茂っている鳥獣保護区の一角であった。

車の音に驚いて近くにいた鴨が飛び立った。それに合わせてか、次々に雪の蘆《あし》からたくさんの鳥が舞い上がり、冬の中空で群れた。

叔母を背負い、外階段を三階まで登った。女性の係員がドアの入り口で待っていた。

室内には大小の鳥籠が十二、三個置いてあり、それぞれに傷を負った鳥が入っていた。都鳥《みやこどり》、鷺、鴨、目白などもいた。係員は早速段ボール箱から鷺を出し、抱きかかえ、脚の付け根の傷を見た。翼に傷を負っていないことを確かめると、嘴を大きく開け、喉の奥へ公魚《わかさぎ》を一匹ずつ二度入れた。

「まだ若いですね。コサギです。飾り羽が生えていません。成鳥は冬になると飾り羽が生えるのです。春の繁殖期に備えたもので、夏には抜けてしまう羽です。薄くて大変きれいです」

係員は傷の応急処置をしながら話をする。

「この鳥は幸運でした。普通は翼も一緒にやられるのです。高圧線に引っかかったのだろうと思います。雪で線が見えなかったのでしょう。翼を傷めていないところをみるとよほどゆっくり飛んでいたんですね。天候が悪いと事故が多いのです」

叔母がいった。

「片脚をなくすと、どうなりますか」

どきりとした。叔母の顔を見ることができず、息を呑んだ。

「鷺は水田や泥水の中の魚を脚で探して採ります。それができませんね。穀類も食べますがね……。自然の中での採食がどれだけできるかそれが問題です。しばらくはここに置いて様子を見ますが、翼を傷めていませんので、傷が治れば外に出たがるでしょう」

自然界に戻れば淘汰《とうた》される運命と知りながら、聞かずにはいられなかっただろう叔母の気持ちが伝わり、胸が押し潰された。

「義足をつけることもできるのですよ」

鳥にも義足があるのかと、係員の言葉に思わず吹き出した。叔母は傷口に薬を塗っている係員の手許を黙って見ていた。

「この鳥にも傷が治り次第つけてみますが、すぐに取ってしまうでしょう」

籠の中に翼の上から包帯を巻かれた鷺がいた。係員は応急処置の済んだ鷺を抱きかかえ、そのほうへ近づいていった。

「この鷺は翼の付け根を骨折しています。ギプスをはめてありますが恢復まではかなりの時間がかかります」

係員の後について傷を負った鳥を見て廻った。脚を傷めた五、六羽の鴨が絆創膏や包帯で傷口を覆われ、籠の中で窮屈そうにしている。都鳥が二羽、柵の中で歩いていた。

「この二羽の都鳥はそれぞれ片方の翼がないのです。もう飛べません。ですからこうして歩くだけです。外へ出れば猫からも身を守ることはできないのです。鳥にとっては脚がないのも不幸ですが、翼のないほうがもっと不幸ですね」

叔母は黙っていた。

係員はすべての鳥の紹介を済ませると元の場所に戻り、抱いていた鷺を窓際の台の上に下ろした。鷺は脚の付け根から腰にかけて巻かれた包帯を嫌がっている様子もなく、一本足で立った。

「可哀相にね、こんなきれいな鳥が……」

上手に立った鷺を喜んでいた叔母であったが、やがて無表情になった。雀や鳩のほかはほとんど目にしないという叔母にとって鷺が美しい鳥であるだけに一層哀れを感じたのだろう。

傷を負って痛みに耐えているに違いない鷺のこれからが気になりながら、気品のある姿に見惚れた。飾り羽を広げた美しい姿をこの若い鷺に求めるのは不可能としても、黒い脚に黒い嘴、目と目の周りの黄色、それに何といっても脚の長いスマートな姿はそれだけで十分美しい鳥であった。

戸外で大きな物音がした。鷺が飛び上がった。白鷺の中では最も小さい鳥であるのに目の前で翼を広げた鷺は思いのほか大きく、目を見張るほどだった。

鷺は羽ばたいただけで元の台の上に下りた。

叔母は一瞬目を輝かせたが、また黙り込んでしまった。

叔母がどのような気持ちで鷺を見ていたのかわかりようもないが、叔母の鷺を見詰める顔が静か過ぎ、寂しそうで、片脚を失った鷺と脚の悪い叔母との出会いを皮肉に思い、胸が潰れそうになった。

外に出た。夕闇が迫っていた。中空で群れていた鳥も川岸にいた鴨も塒《ねぐら》に帰ったのか、辺りは音もなく冷え冷えとしていた。

翌日は冬晴れであった。叔母を芝居見物に案内することにし、朝から気分が弾んでいた。叔母も喜び、久し振りだといい、準備に余念がなかった。そこへ午後から迎えにいくという娘からの電話があった。

叔母は準備したばかりの包みに目を落としていたがやがて、帰り支度を始めた。黙って叔母の手許を見詰めるばかりであった。

鷺の事故に巻き込んだまま帰してしまった叔母の健康状態が気になっていた。鷺が猫に脚を喰いちぎられたときのあの光景が思い出され、気分を悪くして寝込んでいるのではないかと、落ち着かなかった。だが届いた手紙に寝るのも忘れて好きな彫り物をしている、とあってほっとした。

叔母の脚の上に掛けられた大振りの絹の膝覆いが目に映る。ふと思いついた。薄く綿の入った大振りの膝覆いを叔母に贈ろう。脚を温めてくれるのではないか。

早速材料を求めて街へ出た。絹の大振りの表地。そして裏地。中に挟む綿。一枚布の大振りの絹地がどうしたものか、店にない。絹のスカーフはある。しかしスカーフでは叔母の脚を包み込むには重さに欠ける。あらゆる店を廻った。しかし大きな絹地はない。叔母はどのようにして手に入れたのか。叔母が脚に掛けていた膝覆いの絹地は幅の中心に接ぎ目があるのだろうか。反物を使ったとすればそういうことになろう。気品のある光沢を放つずっしりとした大振りの絹地を探して更に店を廻る。ふとある店先で足を止めた。大きな絹地が壁を飾っていた。肩掛け用に織られた特別なものだった。幾重にも重なった模様の花が深みを匂わせ、輝いている。早速店の奥へ進み、手に取った。これで叔母への膝覆いができる。胸に押し当てた。喜んでもらえるような、気に入ってもらえるような、膝覆いを作る。裏に打つ絹地と綿とを購入し、材料が揃ったところで家へ急いだ。

毎日二時間余りを膝覆いの作製のために当てることにした。綿の入った表裏一体の絹地を花模様に合わせて細かく縫っていく。中の綿によって花は浮き上がる。ひと針ひと針進めていく。叔母は喜んでくれるだろうか。使ってくれるだろうか。色も形も違うそれぞれの花が日増しに膨らみをもって咲いていく。一日も早く叔母の手許に届けたい。根を詰める。すべての花が咲き揃うのはまだ先だ。点在する浮き上がった花の陰に、無数の小花が咲いて、絹の光沢を放つ膝覆いがやがてできる。日を重ね、膝覆いは、ようやく出来上がった。叔母夫婦が包みの中を覗いている光景が浮かぶ。叔父が叔母の脚の上に、その膝覆いを掛ける。叔母がそれを撫でる。「美緒ちゃんが作ってくれたのね」桜の花模様の、淡い紫の着物を着た姿の写真と、出来上がったばかりの膝覆いとを叔母に送った。

叔母から返事がきた。

〈膝の上に掛けるのは勿体ないので、肩掛けにします。宝物です。たった一枚の美緒ちゃんの写真、朝に晩に二人で眺めています〉

どこへ行くでもないのに出してきては家の中で淡い紫の着物を着た。そのようなことも書いて再び叔母に手紙を出した。叔母からも返事が来た。叔母と手紙の遣り取りをするようになった。

〈美緒ちゃんの着物姿の写真、額に入れました。額は朴《ほお》の木で作りました。朴は白っぽい色をしていますので、少しだけ色を付けました。渋い色の額に、美緒ちゃんの写真は納まりました〉

〈立派な額に入れてくださって、淡い紫の着物もよろこんでいることと思います。あの着物は、幼女のころに戻してくれます。桜の花模様の赤い着物を着た叔母さんの後ろ姿を眺めている子供のころに返してくれるのです〉

〈今彫り物をしています。額に入った美緒ちゃんがモデルです。これまでにない大きなレリーフです。あまり張り切らないほうがいいという夫が、仕事を間に合わせようとして張り切り、敷居に躓《つまず》いて、転んでしまいました。起こしにかかった自分も転んでしまいました。二人とも笑い転げました。こんなに笑ったことはありませんでした〉

〈着物姿のレリーフを制作してくださっているとのこと、嬉しいような恥ずかしいような、複雑な気分です。出来上がったら見せてください。楽しみにしております〉

〈夫がこんなことをいいますのよ。彫ったものがたくさんあるので個展を開いたらどうかと。個展などとんでもない、一体どこで開くの、と言いますと、その間だけ、ここを開放すればいい。そんなに堅く考えることはない、と言うのです。考えている最中ですが、悪くはない話だと思っています〉

〈個展を開くことに大賛成です。そのころになったらお手伝いに行きます。お声を掛けてください。お手紙、楽しみにしています〉

膝覆いを掛けて彫り物をしている叔母の姿を目に浮かべ、その日の来るのを一日千秋の思いで待っていた。だが叔母からの手紙は来なくなった。忙しくしているだろうと思ってはいたが、石垣に凭れていたときのあの痩せた体が思い出され、落ち着かなかった。近いうちに見舞ってみようと思っていた矢先、訃報が届いた。原因がわからず、ようやく胆管の癌であると明らかになったとき、すでに遅く、昨夜息を引き取った。

胆管の癌。どんな病気だ。聞いたことがない。死ぬ間際まで発見が難しい病気なのか。そんな病気で叔母が死んだのか。嘘だ。個展を開くといって張り切っていたではないか。あれから幾日も経っていない。叔父の仕事場で、元気で彫り物をしていると言っていた。うるさいっていうから隅のほうでおとなしくしているの、と。その叔母が死んだなんて嘘。嘘よ。脚に膝覆いを掛けて好きな彫り物をしているに違いない。あの日、一番風呂に入れさせてもらった。脚の悪い叔母が、「美緒ちゃんのお背中、流させて」と言って入ってきた。流した後だった。それを伝えると叔母は、口許に笑みを浮かべ、くるりと向こうを向いて出ていった。その少年か少女のような機敏な動作からは、体の不調を感じさせる様子はなかった。「お背中流させて」というのは、そのままそっくり叔母にかける言葉だったのに、気がまわらなかった。その叔母が死んだなんて、考えられない。胆管の癌というのは、それほど判りにくいのか。母にせがんだ赤い着物のことを叔母は知っていた。多分叔母は、体力の低下に逆らうようにして淡い紫の着物を仕立てたのだ。理由のわからない疲れに悩まされながら。そんなことも知らずその着物を出してきては、姿見の前で身体に添わせていた。あの晩叔母は、その着物を肩に掛けさせ、「よく似合っているわ」と言った。叔母は死んでなんかいない。少し前まで手紙が来ていた。叔母は叔父と、あの家にいる。死んでなんかいない……。叔母を背負って野鳥観察舎の階段を登ったときの温もりが背に湧いてくる。あの夏の日、出迎えに走ってきた元気な叔母の姿がよぎる。見えなくなるまで見送る老夫婦の姿が浮かんでは消える。叔母はあの日、うちに来た。悪い脚を理由に誘いを掛けても来ることのなかった叔母が、自分のほうからやって来た。あれは暇乞いだったのか……。

あまりにも急な訃報に、気持ちの整理もつかないままあの家に行った。個展の会場になるはずの家に忌中の張り紙がしてあった。叔母は本当に死んだのだった。

叔父に案内されて入った家の中で目を見張った。そこは紛れもない個展会場だった。叔母の彫ったレリーフが壁を賑わし、立像が台の上で弔問客を迎えていた。黒檀の立像があった。木が堅くて苦労するのよ、と言っていた黒檀の立像が……。叔母は棺の中で絹の膝覆いを纏っていた。

大きなレリーフに視線が留まった。長さ一メートルほどの裁ち板に淡い紫の着物を着た女性が彫られている。赤い桜の花模様の着物がほしいと母に拗ねたかつての子供の像だ。叔母は体力の落ちた身を押して彫ったのだ。あまり張り切らないほうがいいと叔父に言われながら全力を投じて彫った赤い桜の花模様の像。

「叔母さん。沢田の叔母さん」

返事のない叔母にいたたまれず、庭へ出た。霞む目に鷺が映った。あんなところに鷺が……。鷺は庭の一段高い花壇の真ん中に立っていた。目を瞬いて邪魔な涙を払い、そっと近寄っていった。近づいても鷺は逃げようとしない。至近距離までいったとき、立《た》ち竦《すく》んだ。鷺の脚が一本だった。大理石で出来た鷺だった。

叔母が初めて彫ったという石の彫刻。鷺は翼を閉じ、嘴をやや上に向けて、姿には似合わない厳しい顔つきで立っている。叔母は鷺の脚を一本にした。そこに、生きていたときにはわからなかった叔母の強さを見た。彫刻の鷺は、苦労を乗り越えて片脚で生きてきた叔母の姿に違いなかった。結婚に失敗し、病気と闘い、脚を引いて歩く人生がどれほど厳しいものであったか、叔母以外の誰が知ろう。

彫刻の鷺は遠くの空を見ている。鷺は羽ばたいた。白い翼が中空で舞い、なおも上空へ上がろうとしている。空はどこまでも青く晴れ渡り、光に満ちている。白い翼はやがて点となり、青空に吸い込まれ、消えた。青く晴れ渡った大空に舞い上がった鷺に、掌を合わせ、未来へと旅立った叔母を送った。

父の理想郷

〈大黒屋のスガキさん、理想郷にいるそうよ〉

暮れかかったカゴバ橋の袂での老いた女たちの立ち話が、傍らを通り過ぎようとする買い物帰りの内耳へ偶然走った。——大黒屋。父に違いない。屋号の大黒屋は江戸時代の旅籠《はたご》屋のころから続く父の生家で、父はその十代目、黒川清城〈スガキ〉だ。狭い町の中で土着の父を知らない年配者はいないだろう。長い間塊となって胸の奥に痞《つか》えていた父が理想郷にいる。——理想郷。俗世間を離れた安楽な地。苦しみがなくて楽しく暮らせる土地、楽土。想像し得る限りでの最上の住みよい土地。そのようなところが現実に存在するかどうかわからないが、想像し得る限りでの最上の土地、とあれば、なくはないだろう。麻の背広にパナマ帽を被り、普段と変わらない様子で家を出て行った父の後ろ姿がまぶたに映る。その姿は妙に寂しげに映り、父はもう帰って来ない、と直感させ、心の奥で父を呼び、涙に掻き暮れた。十歳を迎えたばかりの、玄関脇の松の木の陰から最後に見た父の姿だ。あれから三十数年の時間が、かつて見た光景が、今を流れる。年月を隔て知る人も少ない父の、なぜ今、巷での噂か。思わぬ事故あるいは災難に見舞われ、俄《にわか》に世人の知るところに至ったのではあるまいか。父のいる理想郷はどこにあるのか。橋を渡り、私鉄の踏み切りを越え、その先の我が家へ向かう。

パンのケースを通して店の奥を見た。眼鏡を鼻に落とした七十過ぎの母が居間のテーブルを前に帳簿を付けている。父が家から姿を消したそのころ、母が開いた土地の人相手の食料品店で、我が家の経済を潤すには充分なほどの捌《は》けがある。母は自分の仕事の褒美でもあるかのように、あるいは父を忘れようとしているかのように、突然海の向こうへの旅を趣味とした。店の奥へ進み、居間の母の前に座った。

「お帰り」

仕事なかばの母が帳簿から目を離さず、しゃがれた声を掛ける。あのころの母の声はしゃがれてはいなかった。透き通っていた。「綾ちゃん」と、呼ぶ声がぴちぴちしていた。肌に艶もあった。母は若くてきれいだった。子供やその母親たちが、「綾ちゃんはお母さんが若くていいわね」と羨ましがった。今母の声は、錆び付いてぼろぼろだ。ちょっと意地悪に、声を掛けてみる。

「老いぼれ婆さんみたいな声を出していないで、もっと若々しい張りのある声出せないの？　お店を開いた三十数年前のような」

父は理想郷という夢のようなところにいるのに、死ぬ間際のような情けない声をだしていないでぴちぴちしていてほしい、という母への応援だった。

すると母から追い討ちがかかった。

「三十数年も経てば老いぼれ婆さんにもなりますよ。十年が一昔なら三十年は三つ昔だもの、大昔よ。声だって変わります。あんただって同じようなものじゃないの。自分の顔を鏡で見てごらんなさいよ」

三十数年は錆び付いたぼろぼろの母の声そのものだ。帳簿を付ける母の手の甲の浮き出た血管、鼻眼鏡の向こうの深い皺、そして、艶を失った自分の顔……。

ペンを走らせる母の手許を黙って見詰める。母は父が理想郷にいることを知っているだろうか。噂を耳にしただろうか。これまで父について触れることのなかった母が、父をどのように思っているのか考えてみたこともなかった。父が家を空け始めた子供のころ、その理由を母に尋ねた。「お父さんはどこにいるの？　ずっと帰ってきていたのに。だから遊んでもらえた。バスで幼稚園にも行かれた。ねえどこにいるの？」執拗に迫り、母を苦しめた。そのとき以来何もいわない母に、父の居所を尋ねることも、出ていった父をどう思っているかも、尋ねることはなかった。尋ねずとも、父に係わる母の行動は目に入っていた。植木棚に盆栽の置かれた父の庭が四季を彩る草花の庭に代わり、やがて、輝くひまわりの庭に変わった。父の写真や朝晩使用していた茶碗、箸、それらが焼かれたり壊されたりしていた。それからどのくらいの月日が経過したのか、はっきりした記憶はないが、仏壇に陰膳の据えられているのを発見して思わず目を見張った。一体誰のためのものか。まさか妻子を捨てて出ていった父へのものではあるまい。だが茶碗こそ客用のものを使用してはいるが、我が家の仏壇に備えてある陰膳が、父の他の、誰のためのものであろうか。陰膳はその後もずっと据えられており、その前で合掌する母の姿を見ることもあった。庭一面の陽を浴びた大輪のひまわりは、見事な黄色を呈し、そこに佇《たたず》む母の姿も見ていた。父が理想郷にいると知った以上、自分ひとりの胸に収めておくことができそうもなく、帳簿を付ける母をじっと見詰め、話のきっかけを探っていたのだが、待ちきれず割り込んだ。

「理想郷ってどこにあるか母さん知っている？」

母は驚いた様子もなく、鼻眼鏡の顔を上げようともせず、「もういいのよ」と返事にもならない返事を返してよこした。

それはどういうことか。理想郷、と聞いただけで、もういいのよ、とは、知っているということ以外にどのような意味があろうか。母は知っているのだ。父が理想郷にいることを。しかし何をどのように知っているのか、具体的に知りたかった。

「もういいというのはどういうこと？　遠いことになったから、ということ？　終わってはいないが諦めたということ？　それとも、許したということかしら。理想郷にいるお父さんを」

しかし母は伏せた帳簿に目を置いたまま何も言わない。

いずれにせよ母は、もういい、という心境になったのだ。父の盆栽棚を壊し、写真を焼き捨て、身体から父を追い出してさっぱりしたその時点で……。はて、ではあの陰膳は……。長く家を離れている人のために留守の者が無事を祈って供える食事、陰膳。母は、もういいのよといいながら無事を祈って父の帰りを待っている。そういうことになりはしないか。母は、父を待っているのだ。

「お父さんのいる理想郷がどこにあるのか、気が急いて仕方ないわ。帰って来てくれるといいんだけど。母さんだってそう思っているでしょう」

「思っていない」

「うそ。思っているくせに。じゃあの陰膳、誰のもの？」

「メリー。犬のメリーよ」

確かにメリーはいなくなった。老いに近い年になっていながら三度目の子を産んだ。その後、すぐ、行方不明になった。手分けして探した。しかし姿を見ることはなかった。あれから何年が経つのか。

「ねえ母さん。帰って来ないところをみると、死んでいるのよ。とっくに。風邪も引かないほど丈夫だったのにね」

「お父さん」

「お父さんじゃないわよ。メリー。お父さんは理想郷。死んでなんかいない。お父さんも、風邪も引かないほど丈夫だったけどね」

「忘れた。三つ昔のことなどとっくに風化」

母は涼しい顔をしてそう言った。

「あのころのお父さん、若かったわ」

パンのケース越しに柔らかい目で、バス通りを見る。

父は国府津《こうづ》駅のすぐ近くにある勤め先の運送会社までのおよそ十キロを、家の前からバスで通っていた。そのバスで父と一緒に、父の勤め先に近い幼稚園へ行った。昼頃になると小田原名物の駅弁、鯛めしを父が届けてよこす。竹輪、蒲鉾、貝の佃煮、梅干などの副食物の付いたお弁当のそのお菜より、鯛のおぼろが一面に載せてある味付けご飯のほうが好きなのだ。幼稚園の授業が終わると父は自分の仕事机のそばで時間まで遊ばせておく。帰りは父と一緒にバスで家に帰る。父は窓の外へ指を差し、「あれが曽我の梅林だ。鯛めしのおかずの中に小梅が入っていただろう。ここで収穫された梅だ。ここは梅の名所だからな。あそこに鉄道線路が見えるだろう。あれは御殿場線だ。海側の鉄道が開通するまでは本線だったのだ。煙を吐いて走っていた。まるで命を吹き込まれた元気な少年を見るようで、熱心な愛好家が集まってきたんだよ」などと話は尽きない。そんな話より鯛めしを食べることのほうが忙しい。家に帰って食べる夕食用の鯛めしを、父と一緒のバスの中で食べてしまう。「聞いているか?」父が額を小突く。ふざけながらの父とのバス通いが楽しくて堪らなかった。

「お父さんは煙を吐いて走る汽車がよほど好きだったのね、母さん。元気な少年を見ているようだと言っていたもの。あれは多分、自分を見ていたのね」

「汽笛が鳴ると屋根裏へ駆け上がって、もくもく煙を吐いて近づいてくる汽車を、頸《くび》を伸ばして見ていたそうよ、子供のころ。あれに乗って夢の国へでもいっている気分でいたのでしょう。夢多き人だから」

その父が家に帰って来なくなってしまったのだ。あのとき、父の勤め先の会社のある国府津《こうづ》へ向かってバスに飛び乗った。父を連れて帰れば一緒にバス通いができる、そう思って。終点で降り、父の勤め先の会社の前に立った。窓から父の席を覗く。いない。ドアを開けて中に入る。「お父さんはどこにいるの？」顔見知りの社員に尋ねた。もうここへは来ていないということだった。父は会社を辞めていた。「お父さんはもうここへは来ないの？　ねえ、来ないの？」社員は黙って頷き、菓子を握らせ、バス停まで送り、始発間際のバスに乗せた。泣きながら窓の外を見ているうちにいつの間にかバスは家の前に着いていた。バス停で母が待っていた。抱きかかえようとする母を振り切って一散に走った。踏み切りを越え、カゴバ橋を渡り、町の中心へ向かって走った。三本に分かれた道の起点で一瞬立ち止まる。どの道を行っても汽車が煙を吐いて走っていたという御殿場線の駅に出る。上の道とも下の道とも雰囲気の違う三味線の音色が聞こえてくる中の道を行くことにした。通ってはいけないと母が叱る道だ。菓子屋の前を通り過ぎ、庭の手入れの行き届いた置屋を斜めに見てひた走る。写真屋を過ぎ、映画館を過ぎ、小料理屋を過ぎ、三本の道が一緒になるところで御殿場線の駅を目の前に、厭というほど、のめる。膝が擦《す》り剝《む》けた。血の滲む膝を手で押さえ、上を向いて、「お父さん」と叫んだ。立ち上がって、今度は下の道を帰路に向かって走った。途中の私鉄の駅まで一気に走る。カゴバ橋を渡りながら、母と二人で見た小田原の花火がまぶたにちらついた。踏み切り手前で立ち止まった。私鉄の駅を出た電車がカーブの鉄橋を渡り騒音を轟かせて入ってきたのだ。巻き込まれるのではないかと恐怖に襲われる。鉄橋を渡る騒音に誘われてか、電車に飛び込む人の出る、恐ろしい魔の踏み切りだ。そこを越えて、我が家を目の前にしたところで、母が待っていた。縋《すが》りついて泣いた。

「あのときの母さんを忘れられない。母さんの胸の中で泣きながら叫んだこと、覚えている？」

「覚えていますよ。もう少しで小学生になるというそんなときだったわね。橋の上からまた二人で花火を見ようといったのでしょう。可哀相で、涙が出てきた」

母は父に女のいることを知っていた。岡山県出身の、中の道の置屋が抱える芸者、ノリコ、であることを。狭い町の中を吹く風が母に教えずにはいなかった。それを後に母から聞いた。父はノリコの全借金を払い、自分の女にしたノリコを連れて彼女のふるさと、岡山へ行き、その後、こちらに舞い戻って、岡山から取り寄せた畳表で旅館相手の商売を始めた。ノリコが芸者として再び客の前に出ることはなかった。しかしそれは、父の帰宅が途絶えたばかりのころのことで、母が今、代々続いた家の資産のほとんどを処分し、蜜柑山と母子の住む家だけを残して出ていった父について、どれほどのことを知っているか、いささかもわからない。今更父を探してどうなるものでもない。捨てて出ていった妻子を父が覚えているとは思えない。探すことはない。突然耳を襲った噂話など吹き飛ばしてしまえばよい。しかし居所が大筋でわかってみると、何一つ不自由のない家に生まれ育ち、妻子に囲まれ、これ以上にない幸せの中にいながら何が不足で家を出ていったのか。来し方の父を知りたくもあり、子供のころの自分を可愛がった父に会ってみたくもあり、すでに暗くなっている部屋の、電灯の明かりを頼りに本箱の地名大辞典の分厚い総覧のページを繰っている。

りそうきょう。丹念に見ていく。ない。何度も見る。見当たらない。市町村名事典を見る。市にも町にも村にも、理想郷という地名はない。地名大百科を見る。ない。俗世間を離れた安楽な地など初めからないのだ。百科事典を伏せ、遠くを見るともなく見る。夜の薄い光を受けてこれまで見えていた山が空に溶け込み、見えなくなっている。あの山には忘れられない父との思い出がある。父が一か月に一度か二度、家に帰って来ていたころ、父に連れられて標高五百メートルほどのその山に登った。父は頂上にさつま芋を作ったのだ。ある日我が家へ小形の馬がやって来た。耳も大きくなく、尾の先端に長い毛の房もないことから、ロバとは違う北海道にいる馬であると父が言った。父は、馬の体に触れさせた。馬は目を細めた。頂上まで辿り着くには難しい年齢の娘のために小形の馬を用意したのだ。可愛らしい目をした馬に、メメ、という名をつけた。「おお。かわいいじゃないか。メメか。いい名だ」父はメメの頬の辺りを触って言った。背に鞍《くら》を置き、その上に乗り、駱駝《らくだ》の鞍に乗った砂漠をいくお姫様になる。父は弁当や水をメメの体に括り付ける。「これで頂上まで行けるぞ」父は満足そうだった。メメの横を父が歩く。父がこちらを見てにこりとする。メメの背で歌が出る。「月の砂漠をはるばると……。お父さん、王子様とお姫様を乗せた駱駝はどこへ行くと思う?」「どこだろうな」「砂丘を越えて行くのよ」「どこへ行くんだ」「そこまでしかわからない」「そうか」頂上はすぐ先だった。山のさつま芋は蔓を伸ばしていて、力いっぱい引くと、ごろごろと大きなのが出てきた。「お父さん、今日はここでおしまいよ、明日はあそこまで掘るのよ。あさってはあそこ……」三日もすれば出ていってしまう父を引き止めておきたくて、日を延ばす。父は頂上からの眺めに、「あれが相模湾だ。鯛めしの小田原はあの辺りかな。川音川《かわおと》はあそこだ、水が光っているだろう。うちの農園はどこかな」父は蜜柑山のことをいかにも楽しそうに、農園と言った。「御殿場線の駅は見えないな。あの汽車はよかったなあ」感慨深そうに言う。父とバス通いをした国府津の辺りを黙って探していた。あのとき父は会社にはいなかった。何日かして父が家に帰ってきたとき、着替えをしようとしている父に、「お父さんは会社にいなかった。いなかったのよ」と責めた。嗚咽《おえつ》を堪えて国府津の辺りを見ていると、父が、「この辺りは海も見えて素晴らしいところだ。温泉が湧き出るとなおいいんだがな……」と言ってこちらを見た。「掘れば出るわよ。近くに湧き出たところがあるもの。ここはいいところよ。だからどこへもいかないで」それから、大きな声で、「お父さんはどこの温泉が好き」と叫ぶようにして言った。父は、「伊豆かな、伊豆は暖かいし気候がいい」「箱根は嫌い？」「ああ。寒くていやだ。好きなのか？」「好き」幼いときの父と母との三人で硫黄の温泉に入ったことが忘れられないでいる。「そうか箱根か。伊豆は暖かいし周囲が海というのがいいね。なみなみとした水が見えるというのはいいものだよ」父は温泉が湧き出ていて、海の見える伊豆がどこよりも好きなようであった。「お父さん、坂の向こう側には何があると思う？」父といつまでも話をしていたくて、胸の中で眠っていたことが突然目を覚ました。幼いころ、見えない登り坂の向こう側には別世界があると信じていた。働き者の女性とその娘のいる輝く城があって、城の周辺のたわわに実る果物の甘い香りの中で女性は働き、娘は遊び戯れる。坂の向こう側は、絵に描いたような美しい城があると信じていた。「ねえ、何があると思う?」「見えない坂の向こう側か、理想郷だ」「理想郷?」父は理想郷の地図を指で宙に描いた。池や沼などにいる体の不定形なアメーバのようなその地図は、形を残すまでもなく、宙に留まらない。見えない見えないと騒ぐと、父は、「困らせて喜ぶ悪い娘だ」と言いながらも嬉しそうに目を細め、何度も宙にアメーバを描いた。メメが立ったままじっとしている。父が帰ると同時にメメもいなくなる。どこから来て、どこへ行くのか。どこから来て、どこへ帰っていくのか……。母は知っているだろうか。分厚い地名大事典や大百科などを本箱に戻し、急ぎ、居間へ戻る。帳簿を脇に置いた母が茶を啜っていた。

「ねえ母さん。誰がメメをうちへ連れてきて、連れて帰ったの? お父さんがいるときだけ来る馬」

茶碗を口許に持っていったまま一点を見詰める母の目が、三十数年の昔を探っている。

「あれはね。あれは、岡部という人よ。体の大きい人。お父さんがいなくなるのも、その人がうちへ来た翌日」

「どこの人？　その人」

「よくは知らないけど、遠いところの人ではなさそうだった。まめに来ていたから。裏口から父さんの部屋へ直接入って、何やら話をして、すぐ帰っていく」

「父さんと女との橋渡しをしていたのね、その人。誰が受話器を取るかわからない家の電話を使うわけにはいかなかった。今なら電話も携帯時代に入っているからそんな人必要ないけど。見ているかもしれないわ、その人」

父に連れられて小田原の、だるま、という食堂へ行ったことがある。メメをうちへ置いてほしいと駄々を捏ねた。それを宥めてのことだった。そこには父の友人たちがテーブルを囲んでいた。彼らから挨拶代わりの声が父に掛かる。「今日は近海物のいいのが入っていますよ。例の娘さんですね」などと。「この前八幡野《やはたの》へ磯釣りに行ってきましたよ。石鯛には見放されましたがね。一碧湖《いっぺきこ》の辺りも見てきましたけど、あの辺りは山の中で何もないところでした。これからですね。今のうちに買っておくといいですよ、広い土地を。あそこは俗世間から遠ざかった理想的な楽土ですから」――理想的な楽土。あのときそう言ったのは身体の大きい人だった。多分彼が、岡部という人だろう。他に身体の大きい人はいなかったから。父はその彼に答えていた。「そうだね、一碧湖辺りかな、理想の地は。早速下見に行ってくるか……」父は伊豆の一碧湖辺りを買おうとしているようであった。父には秘密厳守の友人がいることを知った。その友人たちが、意地悪で厭な人に見えた。一刻も早くその場を去りたかった。じっと下を向いて堪えているそのときの自分の姿がまぶたに映り、息が詰まった。

「一碧湖がどうだとか、楽土がどうだとか、今のうちに買っておくといいだとか、お父さんにけしかけていた人がいたわ。その人が多分岡部という人よ」

秘密を持つそんな父を憎いと思いながらも、あのときの父が宙に描いた理想郷の地図、体の不定形なアメーバ、暖かくて好きだと言った伊豆半島などが浮かび上がり、一碧湖近くのなみなみとした水の見える家に父はいるのではないか、とほぼ確信のようなものが備わり、探し出したいという思いが募った。

「お父さんのいる理想郷は一碧湖辺りよ。そこを探せばきっといるわ。今になって噂がたったということは、何かがあってのことに違いないわ。呼んでいるのよ。捨てた母子を。探し出して連れてくるわ」

「死んでいるかもしれないわね」

「それならそれで仕方ないわ」

「二人とも生きているかもしれないわね。そうしたらあんたどうする？　女を置いてお父さんだけ連れて帰る？　それとも、お父さんを捨ててくる」

鼻眼鏡の下の母の目が、窺《うかが》っている。

捨ててくる。この言葉が妙に引っかかった。二人とも生きていたら、どうするだろう。しばらく何も考えられない。しかし生きていようと死んでいようとどちらかが残っていようと、今はただ父を探し出したいという思いだけだ。

「そのときはそのときのことよ」

「ま、ゆっくり考えて、探すのはそれからでもいいでしょう」

母の声が重い。

いつの間に入れ替えられたのか、熱い茶が出ていた。

母が立っていった。店を閉め始めた。黙って、母の後についた。

床に就いても寝付かれない。――父を捨ててくる。二人とも生きていたら、どうするだろう。仮に相手の女だけが生きていたら……。眠れぬままに朝が来た。考えるのはよそう。そのときはそのときのことだ。どんなふうにそこへ向かって時間が流れるか今は測れない。

早朝、母は店を開いて掃除を始めていた。勤め先へ向かう男や女が店の前を小走りで通り過ぎる。橋の袂での老いた女たちの噂話がふとよぎる。――〈スガキさん理想郷にいるそうよ〉理想郷はどこかにあるはずだ。探さなければ治まらない気分になってきた。インターネットで探してみることにして自室のパソコンへ向かった。

「理想郷　地名」で検索する。想像上に描かれた理想的な……。辿り着けない架空の……。夢は所詮叶わないからこその……。遙か遠い……。どこにもない土地を意味して理想郷の説明が連鎖する。希望を繋いで次へ次へとページを送る。無税政治と……。おや。鵜原《うばら》理想郷。理想郷は理想郷でも頭に鵜原が付く。南房総の観光名所、千葉県勝浦市……。観光地だ。父のいる理想郷が鵜原理想郷とすれば、スガキさんは鵜原理想郷にいるそうよ、となりそうなものだ。続けて検索する。「鵜原理想郷　所番地」ない。「勝浦鵜原理想郷　所番地」別荘地として開発された際、理想郷の名が付いた。やはり地名ではない。「千葉鵜原理想郷　所番地」これだけ検索しても地名と感じられる文面は出てこない。地名になければ駅名にあるだろうか。「理想郷　鉄道　駅名」続いて「駅名　理想郷」「日本全国駅名一覧」「日本鉄道駅一覧」や～わ行。ようやく一覧がでた。ら行の、り。息を詰めて見ていく。陸前……。陸中……。竜王……。理想郷はない。スガキさんは理想郷にいるそうよというのだから、理想郷はどこかにあるはずだ。残るはバス停か。バスには父との思い出がある。せめてバス停にあってほしい。「日本全国バス停一覧」温泉地の場所……。旅館への案内……。日本全国の珍名スポット……。難読バス停……。温泉地への案内のようだ。理想郷などというところはどこにもないのだ。夢は所詮叶わないからこその想像上の世界。そんな世界がこの俗世間にあろうはずはない。あるとは思えないところにいる父を愚かにも探している。地名や鉄道の駅名ばかりでなくバス停に至ってまでこうも出ないというのは、ありもしないところを探すのは止めたほうがよい、という示唆に思えてくる。しかしここまで来ては後に引けない。再びページを送る。おや、バス停一覧が出た。しかし、ら行の理想郷はここにもない。他のページを見る。別の一覧が出た。理想郷・湯河原《ゆがわら》温泉バス停案内・路線バス時刻表。——湯河原温泉？　理想郷？　路線バス時刻表。あった。あったのだ。

居間の母に大声を立てる。

「母さん。理想郷はあった。そういう地名はないけど、理想郷というバス停が湯河原にあった。理想郷はあったのよ」

路線バス時刻表を見る。湯河原駅から奥湯河原入口へ向かう途中に、理想郷というバス停がある。おや。別の土地の、理想郷東口、という文字が目に留まる。東口というのだから表玄関があるはずだ。伊豆高原駅から一碧湖方面に向かう途中の、理想郷東口からやや離れた場所に、表玄関の理想郷があった。一碧湖近くの理想郷。何はともあれ理想郷はあったのだ。ここまで来ればもう父を探し当てたと同じようなものだ。風光明媚《めいび》な観光名所の湯河原の理想郷。伊豆一碧湖近くの理想郷。父は一碧湖近くの理想郷にいるのではないか。父が理想として描いた平和な場所。俗世間を逃れた安楽な地。伊豆の一碧湖近くの理想郷。そここそが、父の描いた理想郷に違いない。伊豆を好んでいた父は今一碧湖近くにいる。

翌朝、伊東駅に降り立った。昨夜母に、せめて二、三日よく考えて、探すのはそれからでもよくはないか、と強くいわれたにもかかわらず、苦しみに耐えている病床での父の姿が浮かび上がり、夜明け近くまで寝付かれず、気づくとタクシーを拾い、伊東へ向かっていた。高鳴る胸の鼓動を意識しながら理想郷へのバス停を探す。探したバス停にバスは入っておらず、日に何本も出ていないバスを待つ人もいない。案内所へ行く。シャボテン公園行きのバスに乗り、理想郷東口で下車し、そこから徒歩で十五分、理想郷に着く、と教えられる。間もなく発車するそのバスに乗った。バスが走り出して街の中の緩やかな坂を登り始めた辺りに、美術館を周囲に持つエメラルドグリーンの一碧湖があった。「ここが一碧湖か。一碧湖は賑やかな街の中だ」三十数年もの昔が同時に坂を上る。――「あの辺りは山の中で何もないところでしたよ。今のうちに買っておくといいですよ。あそこは俗世間から遠ざかった理想的な楽土ですから……」そう言ったのは秘密厳守の父の友人の一人、岡部だ。彼は今どうしているか。老いて死んだか。それともまだ生きているか。そんなことより父は今どうなっているのか。何はともあれ健在であってほしい。母も待っている。湖畔を人が歩いている。若い人であったり、年配者であったり、子供連れの男女であったり、老夫婦であったりする。父もこの湖畔を散歩したことがあるだろうか。「あ、あれは父ではないか。あそこを歩いているのは父だ」車窓に顔を付けるようにして麻の背広にパナマ帽を被った昔と少しも変わらない父の姿を追う。〝お父さん〟呼び掛ける間もなく父は消えた。「バスを止めてください」運転手に声をかけた。バスは止まらなかった。父は消えてしまった。窓際に身を凭せ掛けたまま、流れる外界に視線を預ける。間違いなくあれは父だ。麻の背広もパナマ帽もあのときのままだ。少しも変わっていない。街の中をエメラルドグリーンが遠退いていく。そんなはずないではないか。パナマ帽を被ったあのときの若い父が今ここにいるわけがない。四十過ぎの娘を持つ父親がその娘より若いわけがないではないか。正気の沙汰ではない自分に気づき、苦笑した。バスは山へ向かって相変わらず走り続ける。広い通りを正面にしたところでバスは止まった。そこが数十分を掛けて到着した理想郷東口だった。ようやく着いた。乗る人は一人もいない。佇んで辺りを見廻す。民家はどこにあるのか。目の前は山だ。やがて大通りを、もう一つのバス停、表玄関の理想郷に向かって歩き出した。通りに面して、パスタ、ベーカリー、お食事処などのしゃれた店が木や草の繁みを挟んで点々とある。店はどこも静かだ。大室高原不動産売買、売り物件、温泉付き別荘地売り出し中、などの派手な看板が目につく。ここは大室という高原か。ここまで来てようやく高原の別荘地を意識する。人に出会わない。人恋しくなるほど出会わない。車は頻繁に通る。大通りを折れた小道の両側に別荘らしいモダンな造りの住宅が点在する。尖った屋根の教会のような建物であったり、積み木を重ねたような四角っぽい家であったりする。父はどのような住宅を好むのか。山へ登る年端もいかない娘のために馬を準備するなど着想は奇抜だ。創意工夫を凝らした独創性に富んだ住宅であろう。

逸《はや》る心を抑え、表玄関の理想郷へ向かう。

日の高い大通りを微風に靡《なび》くすすきの花穂に手を触れ、小道への角の、○○家へはここを入る、などという矢印の表示板を横に見て、もしや父の住まいがこの辺りにありはしないか、と物色しながら歩いていくうちに、伊豆ガラスと工芸美術館、商品の中には女性の衣服も目につく土産物屋、などのある交差点に出た。そこが目指す、表玄関の、理想郷のバス停のあるところだった。東口に比べて店や美術館があるなど、華やかさがある。父は多分この辺りにいるのではないか。〈スガキさんは理想郷にいるそうよ〉脳裏に入力されたあの言葉は決して消え失せることなく、時折出てきて、早く探し出せとばかりに煽り立てる。そこで理想郷の周辺を隈なく見ていくことにした。そう決めると忽《たちま》ち空腹が襲ってきて、手提げ袋の中の小田原駅で求めた鯛めしが目の前にちらつき、道端の草叢の中の切り石に腰を下ろした。

八角形の折り箱の、蓋に描かれた、鯛めし、の赤い文字のかたわらで、真っ赤な鯛が波の上で跳ねている。「おお、鯛」あのときのまま、少しも変わっていない。この蓋の、跳ねている真っ赤な鯛が好きだ。掌の上の折り箱がしっとりとする。底が抜けてしまわないかと、しっかり持った記憶そのままが掌にある。蓋を外して脇に置き、おぼろの載った味付けご飯に視線を注ぎ、掬《すく》って口に運ぶ。「この味だ」しっとりとした甘めのおぼろ。舌が憶えているこの味。父と一緒のバスの中でおぼろを膝の上にぼろぼろとこぼした。そのおぼろを父はせっせと拾った。今、おぼろはスプーンに掬われて、こぼれない。かたわらの蓋の、真っ赤な鯛が跳ねている。あのときの真っ赤な鯛。いや、真っ赤な金魚。夏祭りの金魚掬いの金魚だ。勢いよく跳ねて水に落ちた。掬い損なった父が「下手だなあ」と言って笑った。挑戦した父も失敗した。何度も失敗した。飛び上がって手を叩いて喜んだ。「喜ぶ奴があるか」父の手が伸びてきた。逃げた。風船が道の上に飛んでいた。走っていって手を伸ばした。届かない。そばで男の子が泣いている。通りの裏へ行って竹の棒を探してきた。風船から下がっている紐に竹の先を絡ませるのだが、絡まない。父が代わった。風船は無事男の子の手に渡った。父が嬉しそうな顔をしていた。あのときの父は今、この俗世間を離れた大室高原の一郭にいる。

父を探す手掛かりが摑《つか》めればと、土産物屋に入る。都会的センスの光る衣服を横に見て小袋の菓子などに目をやる。女店員が笑みを浮かべて近づいてきた。

「遠くからですか？」

軽く頷く。

彼女はこの辺りの案内をし始めた。

「ここは海に近くて人気のある場所です。大室高原といって元は富戸《ふと》という地名だったのです。理想郷という地名はないのです。最近は別荘としてではなく、定住を目的に越して来られる方が増えているようです」

――定住。

「ところで大室高原の大室というのは？」

彼女によると、噴火で出来た標高五八一メートルの円錐形の山の名のことだった。あのとき、ロバではないかと思ったポニーという小形の馬、メメの背に乗って登った山もほぼ同じ高さの山だ。父はその大室山に登っているだろうか。メメを思い出して登っただろうか……。

「大室山は草山です。木は一本も生えておりません。山焼きをするので木は生えないのです。頂上には噴火口があります。そこへ行くにはリフトで上がるのです。歩いては行けません。行ってはいけないのです」

――草山。木の生えていないすり鉢を伏せたような形の山。

「登ってみてはいかがですか？」

奨められても登る気にはならない。木に覆われた山であれば勇んで登るだろう。リフトでは父やメメの面影は浮かんでこない。窓の外の、生い茂る木の間から遠くを透かして見、その山はどこにあるのかと、尋ねた。「理想郷東口のすぐ先です」という返事だった。「ああ、あの辺りか」下車したバス停。納得する。

「一碧湖は大室山の噴火で生まれた瓢簞《ひょうたん》型の湖です。周囲が四キロですから、一周する人が多いのです。美しい湖の周囲を歩いてみてはいかがですか」

女店員の案内に、時間があればそうしてみようと思いながら店を出た。

大通りを折れ、小道を行ったところで突然青い海が開けた。なみなみとした水が漣《さざなみ》を立てている。父が理想として描いたに違いない平和な場所。俗世間を離れた安楽な地。まさに父の好む理想郷だ。父はこの辺りにいるに違いない。各家の門に掲げてある表札を片っ端から見ていくことで、黒川清城の文字を見つけ出すことができるのではないか。個性的な住宅には注意深く表札を見る。そこが海の見える家であることを念頭に置いて……。小道から小道へと歩を進める。林の中の住宅に迷い込んだ。赤や黄色のコスモスが暗くなりがちな庭を明るくしている。この家からは海は見えない。大きな屋敷の前に出た。閉ざされた鉄扉の向こう側に和風庭園がある。人の気配がまったくない。そこからも海は見えない。伸び上がっても透かしても見えない。高原の理想郷というだけの海の見えない場所に父は住まいを作らないだろう。父の望む理想郷は温泉が湧き出ていて、なみなみとした水の見えるところだ。屋敷内から海が望めるというのは決して多くない。大通りへ戻って反対側の小道へ入る。どこまで続くかわからない小道の両側の、家の表札を見て歩く。水が見えるとは思えない住宅の並ぶ辺りを過ぎ、視界に海の開ける地形を求めて小道を辿る。どの家の表札にも黒川清城の名はない。父は一体どこにいるのか。再び大通りに戻り、別の小道に入る。辺りを見廻しながら歩いていくうちに、人の気配を感ずるちんまりとした住宅の前に出た。前庭を隔てた玄関脇の部屋の窓に薄い人の影が映っている。年配者ではないかと思われる鈍い動きの影。もしや父……。いや、ちょっと違う。どこかが違う。そんな気がする。老いた父を知らない。影は窓を開けて外へ顔を出す様子はない。ふと、隣家を見た。目が据わった。学校の運動場とも思えなくもない広さの枯れた茅に覆われた庭。住宅の脇を飾る枯死寸前の一本の大木。反りのある切妻屋根。純白だったに違いないくすんだ外壁。そこに並ぶ西洋風ともいえる縦型の窓。日本の伝統的建築に違いはなさそうだが、モダンだ。華やかではあるが決して派手ではない。いつ建てられたものなのか。古い。この家に人の住んでいる様子はない。この空き家からは父が喜びそうななみなみとした水が見える。輝く海が見えても人の住んでいない荒れ果てた空き家に父がいるはずはない。表札もない。荒れた庭の向こうに見える海を眺める。父もその昔、佇んでは理想郷を探したのだろうか。父の理想郷はどこにあるのか。この高原の人気のあるというこの辺り一帯になければ、どこにあるのか。胸がざわざわと落ち着きをなくす。もう探すところがない。父は一体どこにいるのか。父の理想郷はこの高原にはないのか。陽の落ちた枯れ茅の庭に座り込む。父がいない。海を眺める。いると思っていた理想郷に父がいない。ではどこに。当てがない。気力が薄れ枯れ茅の庭から立ち上がれない。やたらに寂しい。しっかりしろ。落ち着くのだ。じっと目を閉じる。伊豆が父の理想郷でなければ、どこが？――湯河原。湯河原だ。伊豆の入り口の湯河原だ。父の理想郷は暖かい湯河原だ。父は今そこにいる。胸の鼓動が一気に高鳴り、落ち着きをなくしていた胸に光が射し込んだ。一刻も速く湯河原へ行かなければならない。暗くなり始めた大室高原の大通りを宿に向かって引き摺る重い足に鞭を打つ。

始発のバスも通らない早朝、湯河原のバス停、理想郷に立った。なみなみとした水の見える父の理想郷はこの地のどこにあるのか。バス通りを挟んだ両側の、高さも形もほとんど変わらない山を見比べる。一方の山へは川に架かった橋を渡り、もう一方の山へは通りから入る狭い坂道を行く。水嵩の多い流れの速い水音が聞こえている。インターネットに接続したときのパソコンの画面に映っていた地図上の橋がよぎる。父の理想郷はその川に架かった橋を渡った先か。それとも、通りから入る狭い坂道を登った先か。その狭い坂道の登り口に理想郷の案内が出ていた。近寄って行き、正面に立つ。著名人の邸宅、官公庁の保養施設だけが掲示された地図が設けられている。理想郷は湯河原が誇る特別な場所だった。その風光明媚な湯河原が誇る特別な場所、理想郷へと、父の理想郷を求めて登り始めた。僅かに登ったところで、商店街の騒がしさも温泉地特有の猥雑《わいざつ》さもなく、しっとりとした山の空気に包まれた。敷地の広い立派な邸宅の表札を見ては辺りに海を探す。曲がりくねった細い坂道の途中に、交番があった。——こんなところに交番が。小田原警察署理想郷立寄所、としてある。——立寄所。町の要所に設けられた警察官の詰所である交番とは違って、理想郷立寄所だ。著名人の邸宅のあるこの特別な一角を警察官が立ち寄るなどして守っているということか。——著名人の邸宅……。立寄所の中に人はいない。建物には錆が見える。小道に入り、海を探す。この特別な一角のどこからも海は見えない。見えないそんなところに父は理想郷を求めない。坂を登る。いつの間にかマンションや一戸建て住宅などのある見慣れた風景に変わっている。湯河原が誇る特別な場所にも優るとも劣らない風光明媚な陽をいっぱいに受けた庭で、車を洗う人や庭の草取りをしている人の姿を見掛け、変にほっとして笑みが浮かぶ。さらに坂を登る。蜜柑山に出た。粒の揃った大きな蜜柑が温かい斜面で色付いている。一つ、失敬する。石の上に腰を下ろし、皮を剝く。いい匂いが顔の廻りを取り巻いた。小袋を口に含む。すっぱい。顔が歪む。湯河原が誇る理想郷の蜜柑より、父の作る農園の蜜柑のほうがずっと甘い。残りを畑の隅に、置く。父はどこにいるのか。この先になみなみとした水の見える場所があるとは思えない。向かいの山が青々としている。水嵩の多い流れの速い水音が耳の奥で聞こえる。父の理想郷は水音の聞こえる閑静な、川の向こう側だ。そこにはなみなみとした水があるに違いない。急ぎ、坂道を下る。

バス通りを向こう側へ渡り、行き交う車でいっぱいの古くて狭い橋を手摺りに身を委ねるようにして通り過ぎ、対向車に恐怖を感じながらビルの間のくねくねした坂を登る。突き当たって広い道に出た。道の両側は坂に沿って旅館や高い建物が並んでいる。閑静というにはほど遠く、高層ビルでぎっしりだ。海の見えそうな父の理想郷を目指して広い道を行く。父の理想郷はこの山の向こう側か。それとも中腹か。不思議なほど人が通らない。後から来る人もいない。どういうことか。この先に人家がないということか。そんなところに海の見える父の理想郷があるだろうか。向かいの山には湯河原が誇る理想郷があった。父の理想郷はなかった。心頼みは残るこの山のみだ。この坂をどこまで行けばなみなみとした水の見える父の理想郷に辿り着けるか。引きも切らず対向車が超スピードで体の横を滑る。滑る車に胸の中で問い掛ける。この坂の上には何があったか。なみなみとした水があったか。海を望める場所があったか。車は頼りなく通り過ぎる。狭い小道の奥に寺があった。立ち止まって伽藍《がらん》を見るともなく見る。〈スガキさんは理想郷にいるそうよ〉繰り返し甦る女たちの声がわたしを奮い立たせ、登り坂に向かわせる。両側は木や草ばかりの広い山の道。その道をどこまでも行く。この先に父の理想郷があるとも思えない道を。足を引き摺りながら。切れる息に肩を震わせて。一体この坂を登ってどこへ行こうとしているのだ。この先に理想郷があると思うか。あるとは思えない道をなぜ登る。家族を捨てて出ていった父をなぜ探す。母は借金をして店を出し、娘との暮らしを立てた。豪奢《ごうしゃ》な邸宅も生活も望むままの父に路頭に迷う母子の暮らしがどのようなものであったか知るまい。母は一言の愚痴も漏らさず、早朝から夜遅くまで店と取り組んだ。山の蜜柑の手入れは人頼みだ。父が遅く帰ってきたある晩がよぎる。玄関の戸を激しく叩く音で目を覚ました。その夜押入れの中で父の声による地獄を味わった。母の声は聞こえてこなかった。何がどうなってのことかわからなかった。その夜だけ、ほかの夜はどうなっていたのかその夜だけ、父がどうして玄関の戸を激しく叩いたのか……。ああ、頭が混乱する。「お父さんが悪い。どう考えてもお父さんが悪い。夜中に目を覚まさせたお父さんが悪い」呪文のように唱えながら父を非難した。父が大好きなのに、その晩の父は大嫌いだった。父は威張っていた。家にいようといまいと家の主であった。人には優しいのに母には優しい顔を見せない。見せたくても、心が咎めて見せられないのではないか。恋の相手ではない母と向き合っているのが苦痛でたまらないのだ。それで母に当たり散らす。それでも母は、いつ帰るとも知れない父のために、無用心と思いながらも玄関の戸に鍵を掛けずにおく。父はわがままだと思った。本当はいい人なのに。父は人に好かれる性分のようで、帰ってくると近所の人たちが集まってくる。「農園の手入れに行くんだよ」などと蜜柑山を見廻りに行くのを止めて碁打ちを始める。父は厭とはいえない優しい人であるのに、母には……。父が家を出ていったあと残された母子に世間は非難を浴びせた。主を追い出した恐ろしい母子であると。負けてなるものかと歯を食いしばった。胸の深いところに父への恨み、世間の冷たい風の絡み合った硬い塊ができた。歯を食いしばるたびに塊は大きくなった。橋の袂での女たちの立ち話を耳にした瞬間父が生きていることを心の底で否定した。今ごろになって理想郷にいるなどと人づてに居所を知らせてきたりして、父は卑怯だ。そんな父を探すことはない。足許の石ころを蹴る。思い切り、蹴る。石ころは遠くへ飛ばない。拾い上げて道の先へ投げる。飛ばない。蹴る。こんなところで何をしているのだ。父の理想郷があるとも思えないこんなところで。母と子を路頭に迷わせた父を探しているのか。路頭に迷わせた父を。そんな父を探しているのではない。ノリコに走った父を探しているのでもない。子供のころ可愛がってくれた思い出の中の本当の父を探している。バスの中で、こぼした膝の上の鯛めしを拾った父。山へ登る小さな娘のために馬を用意した父。金魚掬いを一緒にした父。本当の父を……。そしてどうあろうと掛け替えのない父親だから……。

道端の草の上に倒れ込む。精も根も尽き果てた。〈母さん、父さんがいないのよ。どこへ行ったら会えるの？　教えてよ母さん〉年のいった女が子供のように辺り構わず喚き散らす。電話をすればすぐに帰ってくるようにと言うだろう。電話はできない。父を連れて帰るのを母は待っているはずだ。母は父を許した。陰膳を据えて待っている。犬のメリーのものよ、などと照れ隠しに下を向いて言っていた。その母のためにも父を連れて帰らなければならない。弱音を吐いている暇はない。母のように陰膳を据えたり、ひまわりの庭に輝くような明日を見出したりすることは今の自分にはできない。父への恨みつらみはもう止めようと何度思ったかしれない。しかし今、探し出してこそ勝利でもあるかのように、血眼になって探している。道端の草が体の腰から上半身をじんじんと冷やす。もう動けない。目を閉じる。極限状況の中で父の幻を見る。父は死んでいる。山の向こうで死んでいる。父の理想郷で生きている。伊豆の理想郷で生きている。父の理想郷は伊豆半島にある。父の生きる場所は伊豆にしかない。本当の父は伊豆半島で生きている。生気を取り戻したとき、大室高原へ向かう陽の落ちたタクシーの中にいた。

窓に映っていた背の丸い影にもしや父ではないかと胸を弾ませた住宅の前でタクシーは止まった。前庭を隔てた玄関脇の部屋の窓は雨戸で閉ざされ、一筋の光も漏れていない。夜の光の中で遠慮がちにブザーを押す。インターホンを通して用件を伝える。白髪の老女が門扉を開けに来、玄関ドアの前まで案内した。窓に映っていた薄い影が父であるとすれば、白髪の老女は、ノリコか。ノリコに面識もなければ遠くから見たこともない。ノリコを知らない。少しだけ開いたドアの内側から、セーター姿の主と思われる老人が声を掛けてきた。

「お父さんを探しておられるとか」

老人の面輪に父を探す。しかし、面影はない。老人は父ではなかった。

「『黒川スガキ』の名に憶えはありませんか」

老人は頸を傾げるばかりで、その名の男を知らなかった。やがて、玄関に案内され、そこでまた、黒川スガキねえ。知らないねえ、と同じことを言った。

「父は伊豆が好きで、そこに自分の理想郷を作るという希望があったのです。伊豆のどこかにいるはずです。なみなみした水の見えるところに家を建てて、そこに住んでいると思うのです。伊豆よりほかに父のいるところはないのです。一日中歩いて探しました。しかし父の表札のかかった家に出会うことはありませんでした。それでも父は、伊豆半島の、この理想郷のどこかにいると思っているのです。父の夢は、伊豆半島の、この理想郷に住むことだったのですから。父は人に好かれる人で、周りはいつも人でいっぱいでした。慕って集まってくるのです。予定を変更してまでも碁の相手をするほど人を逸らさない人です。明日また探してみます」

そう言い残して帰ろうとすると、老人が引き留めた。しかし丁寧に断った。「遠慮しなくてもいいんですよ」再三断ったが老人は、更に、「構いませんよ、妻も退屈していますから」と言って部屋に通した。通された部屋の、白い壁に、画鋲で留められた茶に変色した厚紙の鯛が目を捉えた。——鯛めしの鯛。父との思い出の多い鯛めし。この老夫婦も鯛めしが好きなのか。華やかな包装のしかもうまそうな弁当が目を引く今、地味な存在を保ち続ける昔ながらの小田原の駅弁、鯛めしが……。その鯛めしの折り箱の蓋の、色こそ褪せてはいるが赤い鯛が、ここにある。壁に飾られて。俄に父の姿が目に映る。幼稚園で鯛めしの包装を解いたとき、真っ赤な鯛の上に短い手紙が置いてあった。「たくさん食べて大きくなれよ。父は待っているからな」嬉しいはずの手紙がなぜか寂しかった。今思い出しても胸がいっぱいになる。父は待っていると言った。必ず待っていてくれるに違いない。その父に会わなければならない。あのときも、そうあのときも、父は待っていてくれた。下校する駅で。「大観山《だいかん》の猿を見に行こうよ」父は強引に手を引いた。母に秘密を抱いた気分のまま父と一緒に湯河原からバスに乗った。そこには猿が群れをなしていた。猿は自分の仲間でもあるかのように取り巻き、きゃっきゃっと騒ぎたてた。小猿が体に登ってきた。するとと父が別の小猿を腰の辺りに押し付けてきた。小猿は木登りでもするように肩へ上がり、顔をかじり始めた。「痛い、痛い。痛いわよ。痛いわよ」父は腹を抱えて笑った。その父の姿が壁の鯛に映る。「お父さん」思わず口走った。そこに老人のいるのも忘れて。気のせいか体が軽くなっていた。深かった父への憎しみの思いがいつの間にか影を潜めていた。今度は父を誘う番だ。「お父さん、大観山へ猿を見にいきましょう……」

「その鯛めしの箱は、今は空き家になっている隣からの妻への土産でして……。黒川スガキという名前ねえ。聞いたことないねえ。隣は金森だし、その隣は何ていったかな」老人は突然話題を変えて顔を顰《しか》めた。

「父は七十を疾うに過ぎていて、家を出てから三十数年が経っています」

「自分たち夫婦がここへ来て十数年は経っているがね、黒川スガキという名は聞いたことないね」

老女が茶菓子を運んで来た。以前隣のユウから教わったというチョコレートケーキに紅茶が添えられている。

「あのころのユウさんはとても元気でしたよ。ケーキを焼くのが趣味でしてね。いつもここで楽しくおしゃべりをしたり、たまには愚痴をこぼしたりしながらお茶を飲んだのですよ」

——隣のユウ。〈金森ユウ〉鯛めしの蓋の赤い鯛が父を偲ばせるものであってみても、名が、〈金森〉であるということは父でないことに違いはない。老夫婦にいとまを告げ、宿へ向かうことにして席を立った。老人が引き止めた。

「丁度食事をするところだったので一緒にどうですか。妻もユウさんが病気になって死んでしまってからは、寂しそうにしています。積もる話もあるだろうから、聞いてやってくれませんか」

瞬間思った。鯛めしの赤い鯛。どこか縁のありそうな今はいないというユウ。老夫婦が発する言葉の一言半句をゆるがせにすることなく、窓に映った薄い影にもしや父ではないかと一瞬心に留めたのも縁であればこそ、そこからたとえ僅かでも父の消息が摑めればと、いや摑んで先へ進む手掛かりにしようと、再びソファーに座した。

夕食の、ユウが好んでいたという殻付き牡蠣《かき》が運ばれてきた。放射状に並べられた氷の上の牡蠣。老女が他の料理を運んで来ては一言二言ユウの話をする。

ユウの夫は、ユウに家を建てた。隣のあの家はユウが主の、ユウの家……。

「表札は『金森ユウ』だったのですか？『黒川スガキ』ではなくて」

老女の返事は金森だった。

「そういえば『黒川』だったかしらね、ユウさんの旦那さんの苗字は」

老女は老人に問いかけた。老人からの返事はない。

「それにしても『スガキ』というのは珍しい名で、初耳ですから、ユウさんの旦那さんが黒川だったとしても、あなたのお父さんではなくて、別の人かもしれませんわね」

老女に、「スガキ」とは「清城」という字を書きます、と言った。何を思ったのか老女は突然席を立った。しばらくして名簿のようなものを手にして戻ってきた。

「『黒川清城』ユウさんの旦那さんの名前は『黒川』でしたよ。ここに黒川と書いてありますよ。存在感がなくて、近所付き合いもまったくなかったから、姿もですけど、名前を知っている人はいないんじゃないんですかねえ。すべて『金森』で通っていましたから……」

奪い取るようにして老女の持つ地域名簿らしきものを手にし、「黒川清城」と登録された名を穴のあくほど見た。

「父だと思います」

同姓同名の人物ということもあろうかと思わなくもなかったが、父に間違いないだろうと、咄嗟に判断させたのは、血のせいか。

存在感がなかったということでの黒川清城。近所付き合いもまったくなかったという黒川清城。父は人に好かれるはずの人だった。人が集まってくる人だった。ここでの黒川清城は父とはまったく違う。けれども父に違いないと思ってしまうのは、滅多にない名前にもかかわらず同姓同名のせいだ。父は人を避けるかのように引き籠もってはいない。存在感がなくて近所付き合いの苦手な父ではない。やはり父とは違う。

老女が悲しそうな顔をしてユウの話をする。

ふとしたことからユウは、ユウの夫が実家に残してきた娘の写真を本の間から見つけてしまった。それを大切に持っている夫にユウは衝撃を受けた。――実家を忘れられないでいる……。写真が出てきたくらいのことで驚くことはないのにとユウは思うのだが、いつか捨てられる、という思いが日増しに強くなり、落ち着かなかった。妻と娘のいる家に帰りたいのだろうと思いながらも、元芸者であったユウは、再び花柳界に舞い戻ることを恐れ、家に帰ったほうがよい、とはいえず、悶々とした生活を送っていた。――元芸者。ユウは元芸者。老女にユウの芸者時代の名前を尋ねた。老女は目を閉じ、眉間に皺を寄せ、遠い昔を思い出そうとしているように額に手を当て、ノリコ、と聞いたような記憶がある、と自信なさそうに言った。ユウは中の道の置屋が抱える芸者、ノリコ、に違いなかった。するて黒川清城は、同姓同名の人物ではなく、血の繋がった父、そのものだ。父であることに間違いなかった。

これが理想郷という夢を求めてやって来たここでの父の姿か。すべて金森で通っていたとは情けない。黒川清城という名は、金森の名に隠れてしまって、あってなかったようなものではないか。父は家も妻子も捨てた。そしてここへ来た。ここは黒川清城の理想郷に違いない。しかし、そこに父の表札はない。実家にいれば大黒屋の十代目、主として堂々と世の中を渡れたものを……。その父は今、どこにいるのか。

母に知らせずにはおけなかった。

「お父さんを探し出したわ。引き籠もっているお父さんを。明日にも連れて帰るから待っていてね」

「違う人ではないの？　その人。引き籠もるなど考えられない。会ったの？　会っていないのでしょう。違う人よ。もういいから帰ってきなさい。生きているとは思えない」

——生きているとは思えない。しかし母は父の帰りを待って陰膳を据えているではないか。生きていると信じているからだろう。

ユウが、精神を病むようになったのは、ケーキを前にして老女と楽しく飲んだある期間が過ぎたころであった。医者にかかろうともしないそんなユウを、ユウの夫は、ユウの心中を理解することもなく、気分を変えれば治るのではないかと、湯河原からバスで大観山の猿を見せに連れて行ったり、大室山の頂上へリフトで登って噴火口の周辺を巡ったり、山焼きを見たり、小田原の高級料理店、だるま食堂へ連れて行ったり、時には乗馬クラブを営む古い友人から馬を借りてきて、一碧湖の周辺を馬と一緒に歩かせたりした。——乗馬クラブを営む古い友人。すると馬の持ち主はあのときの秘密厳守の仲間の一人か。メメはその友人の馬だったのだろうか……。ユウの病気は進行するばかりで治る見込みはなく、捨てられる、という思いに縛られ、暴れ廻るようになり、八年前、通りの車に飛び込んで死んだ。ユウが幸せだったのは、ユウが夫の娘の写真を見つける前の十数年間であったと……。なんということだ。通りの車に飛び込んで死なせてしまったとは。好きで互いに故郷を捨てた仲ではないか。父はどうしてユウの心中を察してやれなかったのだ。自分であったらどれほど苦しんだであろうかと、すべてを捨てて父を頼りに駆け落ちしたノリコを他人事とは思えず、可哀相で、頬を流れる涙を止めることができなかった。いつの間にか哀れを施す筋合いの相手ではない母子を苦しみに追い込んだ憎むべき存在の女、ユウという女に情が移っていた。

老女の話が続いている。

恋に落ちた仲とはいえ、いつまでも恋の状態でいられるわけもなく、数年もすれば薄らいでしまうのが人情。ユウの夫が娘の写真を本の間に忍ばせておいたからといって、それを咎め立てすることもできなければ、またユウを咎めることもできない。誰を咎めるというものでもない。二人の仲は運命的なものであったのではないか。

駅弁の鯛めしはそのころ、ユウの最期のころ、父がユウを連れて小田原へ行ったときに買ったものであったと言う。ノリコを看取った父は、今どこにいるのか……。

ユウを送ってから、気ままな一人暮らしをしていたユウの夫は、一年前、老夫婦に心の底から吐き出すような二言三言を残して死んでいった。

「死んだ。死んだのですか。父は死んでいるのですか、一年前に」

号泣する声が老夫婦の部屋に反響する。あんな父死んでしまえばよいと、魔の踏み切りに飛び込んで電車の下敷きになってしまえばよいとさえ思っていたのに、死んだと知らされてどうしてこうも涙が湧き出るのか。父が残したという二言三言とは……。

自分には二人の女がいた。娘を預けてきた実家の妻と、心の支えになっていたユウ。妻は自分の力でやっていくことのできるしっかりした女。ユウは家のために自分から身を投じた花柳界でありながら芸者という商売が身に合わず、怯えているような弱い女。自分は何一つ不満のあるはずのない生まれ育った家や妻子を捨てる罪深さに目を瞑《つむ》り、黒川清城という名を、そして自分自身を自分なりにこの世から抹殺して、抛っておくことのできないユウに走った。代々続いた家と妻子を捨てるには少なくともそれだけの覚悟が必要だった。時間も必要だった。欲望に歯止めを掛けず突っ走ってきた自分には妻子を苦しめたことも、妻子のいる家がどれほど心地よい場所であったかも見えずに……。唯一つ気掛かりなのは、娘のことで、どんな人生を送っているか一度会いたいが許されることではないと。

妻子のいる家がどれほど心地よい場所であったか父は振り返っている。自分を自分なりにこの世から抹殺して父は楽土へいった。望んでいった楽土は父にとって幸せだったか。

父のすべてを知りたく、細大洩らさず教えてほしいと粘り強く老夫婦に喰い下がった。父の写真はないか。普段どのような服装をしていたか。パナマ帽を被っていなかったか。麻の背広を着ていなかったか。畳表の商売をしていなかったかなどを……。

父の写真はなかった。庭仕事でのジャンパー姿以外は見たこともないというその写真もなかった。父は電話一本で取り引きのできる旅館相手の畳表の商売を続けていた。ユウが死んでからは、仕事の合間に海を見て暮らした。時には馴染みの馬とも遊んだ。疲れると、雑草の上で馬と一緒に寝転んだ。一碧湖の周辺を廻ることもあった。そんなユウの夫を老夫婦は何度となく食事に招いた。ユウの好物だった牡蠣に舌鼓を打ち、何をしても何を食べても一人というのは味気ない、などと引き籠もっていた人とは思えないほどさばさばとした明るい口調で言った。それはまるで寂しさをひた隠す強がりのようでもあり、弱さを見せまいとする男の威厳のようでもあった。自分はこれまで表には出ず、裏に廻ってきたが、それがユウを立てる自分なりの愛情だったが、これからは一人の人生をここで楽しもうと思っている。ここは人生を決めて出てきた理想の地であるから。自分にとっての本当の生の意味は、ここにこそある。ここにこそ。どうしてここを離れて他の土地へ移れようか。ユウがいなくなったからといって、移る気にはなれない。古くからの友人も来る。ユウを看取ることができて責任の何分の一かは果すことができたと思っている。これが反対だったら、と言ったままユウの夫は言葉を詰まらせた……。妻子のいる家に帰りたいのではないかと察知した老人の、実家の娘に会いに行ってはいかがかという問いに、ユウの夫は、父親としての責任を放棄したまま出て来ているから、その点では胸が痛むが、滅多に思い出すことはない。それで、会いに行くつもりはない。でもたまには、あの子の歌っている月の砂漠が聞こえてくる。馬に乗って砂漠のお姫様気分でいるあの子が見える。家を後にする自分を松の木の陰から見ている娘の姿がちらつくと胸が詰まってどうしようもなくなる。なんといっても血を分けた娘。まったく思い出さないということはあり得ない。ユウの夫は平然として言った。しかし目を潤ませているユウの夫を老夫婦は見逃していなかった。

残してきた娘のことは滅多に思い出さないという父。しかし娘の歌っている月の砂漠を聞いている。砂漠のお姫様になっている娘を思い出している。松の木の陰から見送っている娘に胸を詰まらせ、涙している。何より妻子のいる家がどれほど心地よい場所であったかと、振り返っている。父は三十数年もの間、理想を求めてやってきたこの地で、往事を偲んでいた。理想であったはずのその地は父にとってなんであったのか。父がどうしてそのような世捨て人のような人生を送らなければならなかったのか。女に恋した父、それはそれとして、もっと広い人生を送る術はなかったか。父の人生は何であったか。他の誰でもない父の人生は……。胸が痛んで止まない。突然心の奥の魑魅魍魎《ちみもうりょう》が表面に出てきて牙を剝いた。父の人生を問う前にお前の人生はどうなんだ。自分を捨てた父の面影を引き摺りながら取り留めのない人生を送ってきたお前のあれからの三十数年間はなんであったのだ。世捨て人というなら、父を憎み世間から疎外されて生きて来たお前のほうではないか。なにもかもお見通しの魑魅魍魎が自分を顧みよと反省を促す。彼らの忠告はもっともだった。父を恨み通した人生になんの徳も備わらなかった。彼らの忠告を心して、その後の父を知りたく、老夫婦に問いかけることにした。父が可愛がっていた馬の名前を尋ねた。老人が即座に、メメ、と言った。メメは二頭目だった。最初のメメが早いころに老衰で死んで、次にやって来た馬もメメと名付け、一頭目の身代わりとして夫婦は子供の成長を見守るように可愛がった。可愛らしい目をするからと、娘がその名を付けたといって、老人はわたしに優しい目を向けた。

メメは栗毛の体高百四十センチにも満たない小形の馬で、なついていた。とくに生の草が好きで、その中に人参が入っていないと催促するように待っている。そのメメが死んだ。あのときのメメが父の理想郷で死んだ。二頭目のメメも、老いていながら病気もせず、あの日もユウの夫の相手をしていたと、老人は父の最期の日の様子を語った。

微風の快い朝。メメが枯れた茅の庭を走っていた。ユウの夫もメメの後ろを走ったり歩いたりした。疲れると庭の隅の枯れた雑草の上にごろりと横になった。メメがその顔を覗き込む。一緒に走れという催促だ。よし走るぞ、とばかりにユウの夫はメメの後ろを走った。心臓が悲鳴を上げ、膝に痛みが走り、体が頽《くずお》れる。枯れた茅の間に頸を入れたり出したりしている離れた場所のメメを見ながら痛む膝を擦る。そこに何があるのかな、メメ。何か聞こえるのかな、におうのかな。そこで遊んでいておくれ。メメが寄ってきて、顔を摺り寄せる。追うと、ごろりと寝転んだりする。メメが跳ね起きて茅の庭を走り廻る。その後からユウの夫も走る。老夫婦が見るに見かねて声を掛ける。その辺にしておいてはいかがかと……。ユウの夫はその気遣いに頭を下げ、礼をいい、また走る。昼が過ぎ、陽が西に傾く。ユウの夫はメメをかたわらに、走り、そして歩いた。辺りが暗くなり始めたころ、月明かりの庭からメメとユウの夫の姿が消えた。老夫婦はメメが持ち主に引き取られていって、庭での遊びが終わったのだろうと、ほっとして、眠りについた。翌朝、老夫婦は茅に隠れたメメを見た。腰丈に折れた茅の根本で蹲っている。メメは持ち主に引き取られていったのではなかった。夜を通してそこにいたのだ。ユウの夫の姿がない。老夫婦は家の中を調べた。いない。茅の間に埋もれていはしないかと、庭を探す。ユウの夫の姿はどこにもない。メメは相変わらず蹲っている。ふと見た老夫婦の目に、メメの顔の下の塊が映った。塊は脇を下にして臥せっている息絶えたユウの夫だった。もがき苦しんだかのように茅の葉が毟り取られている。メメがその顔に口を付けている。ユウの夫は微風の快い日の宵、あるいは夜半、庭で死んだ。あの日の様子を語り終えた老夫婦の顔に疲れが見える。いつの間にか朝の薄い光が窓に忍び寄っていた。

明け切らない庭を眺め廻し、父をあの世へ送った茅の辺りへ目を凝らす。父は誰にも看取られず、俗世間を逃れた安楽な地でもがき苦しみたった一人で死んだ。心の支えであったはずのユウを死に追いやり、周囲の人々から疎外され、残してきた娘に会うこともかなわず、心を打ち明けられるのはたった一頭の馬だけ。思いのままに生きてきた父の死の床は皮肉にも冷たい土の上だった。茅の葉を握り締め、死に向かう父の、故郷を慕う魂の叫びが、巷を吹く風に乗って、町の老女たちに届いた。届いた父の魂は、娘を楽土へ誘った。苦しみがなくて楽しく暮らせる土地、楽土へ。この世に楽土などありはしない。この世は世間の掟や仕来たりなどの制限内で生きている俗人の住む厳しい世界だ。どこまでいっても俗人の住む世界に楽土はない。好きな人との理想的な暮らしの中で父は往事を偲んだ。もし父に理想郷があったとすれば、なみなみとした川音川の水の見える県西部の酒匂《さかわ》川左岸、蜜柑の山に囲まれた気候の良い平野部、働き者の妻とその娘の住んでいる家、そこではなかったか。そこが父の理想郷ではなかったか……。往事を偲び娘を脳裏に描きながらも自分が死に追いやったユウとの人生を送った父。妻子のいる家がどれほど心地よい場所であったか振り返りながら、枯れ草を手にもがき苦しみたった一人で死んでいった父。それが果たして夢を追って出て行った父の理想郷であったか。果たして父は幸せであったか。今となっては確かめようもないが、自分にとっての本当の生の意味はここにこそある、生を決めて暮らした理想の地をどうして離れられようか、と言っている父の言葉を尊重しつつも、血を分けた娘であるがゆえか、頷《うなず》けない。頷いて、納得して、晴れ晴れとした気分で、去る気にはなれない。この世には決して存在することのない楽土。天上にしか存在しない世界、楽土。父の理想郷がそんなところに、天上にしか存在しないそんなところに、あるはずはない。妻子のいる家がどれほど心地よい場所であったか、と言っている父を思えば、人の集まる家、陰膳を据え続ける妻のいる家、そここそが、父の理想郷でなくて何であろう。そうでなくては、陰膳を据え続けて待っている母の、そしてその娘の、あるいは父自身の三十数年という長い時間は、埋まらない。三つ昔は、老いぼれの婆さんになった母とその娘と、そして父の老いそのものなのだ。目を見開けば、理想郷は、足下にある。水平線が真っ赤に染まり、辺り一面輝いた。日の出だ。輝く太陽が顔を赤く染め、父を慕った子供のころのような清らかな心を甦らせた。父と共に、そして父の人生には欠くことのできないユウをかたわらに添わせ、太陽を仰ぎ見て輝く大輪の、ひまわりの迎える家へ向かって大室高原理想郷の坂を下る。

月の舟

祖父と見たあの晩の月の出が忘れられない。気づくと空を仰ぎ見て夜となく昼となく月を探している。突然目の前に現れた月は記憶を運んでくる美しい生き物に変わる。細い月を見掛けたときは抑えようもなく胸がときめきあの晩に戻ってしまう。

祖父に伴ってレムチ山から見た二十六夜《にじゅうろくや》の月の出の光景を、七十年余りを経た今、かつてと同じように我が家の縁側に座り込み、暗くなるにはまだ間のある初夏の空に映し出している。

隣に鬼尾《おにお》がいる。酒の肴のするめを前に、老いて辛うじて残っている数本の歯でかじっている。というよりは、なめている。

「またやって来るな、あの日が。あいつが夜空を見上げてそわそわしておるわ。待ち遠しくて堪らないのに困るなあなんて心にもないことを言いおって。まったくあいつは誰に似たのか素直じゃないんだから」

鬼尾の後を引き継いで、月見の案内役を務めることになった鬼尾の孫の雄介が、旧暦七月二十六日の月の出を今か今かと待っているのを、鬼尾は知っている。彼もあのころ、今か今かと待っていながら月の出なんかに興味ないよ、と言っていた素直でない子供だった。しかも町一番の悪餓鬼で。それで鬼尾というあだ名が付いた。本当の名前は雄太郎、というのだが、ほとんどの人は、雄太郎さん、とは言わずに、あだ名が抜け切らないいま、鬼尾さん、と言っている。こちらはといえば、子供のときのままに、鬼尾と呼ぶ。鬼尾も、こちらをマリコと呼んでいる。マリならともかく、マリコとなると少女のようで、八十の老女としてはくすぐったい。しかし慣れで、くすぐったさは意識の外にある。

「ねえ鬼尾。あんただって本当は行きたいくせに理屈を付けては拗ねていたじゃないの」

「拗ねてなんかおらんよ。月の出と一緒に阿弥陀仏が現れるなんて言うから、信じなかっただけだ。それに山へ登ってまで月の出を見なくてはならんのかな、と思ったからさ。そんなことより、よくまあ二人とも、この年まで月見の案内役が務まったもんだ」

「続けられたのはね、祖父からの願いを叶えようと思ったからよ。次の人に繋げていくための。子供ながらにこれは素晴らしいことだと無意識のうちに感じたのね。引き継いだ雄介とうちの孫娘とが未来に繋げていってくれることを願っているわ」

「あいつはやるだろう。そのために本を読んだり月を見たりして勉強しておる。あいつはあいつなりに次世代に繋げていくことを考えておるはずだ。人に伝えるための難しさや案内することの責任の重さなど、我々の苦労を見ているからな。大丈夫だ」

「駅前で散らしをくばったわね。筆で藁半紙に文章を書いて。――二十六夜の月の出の素晴らしさを知っていますか。レムチ山へ月の出を見にご一緒しませんか――」

散らしを読んでも参加する人はいなかった。やがて一人二人と興味を示す者がでてきて、数年後には十名になった。一度見れば充分ということで、二度は同行しない。参加者がまったくいないという年もあった。十年もすると、二十名のグループで参加する人たちも出てきて、山道は賑わった。今では参加しないまでも、この辺りで、二十六夜の珍しい、しかも美しい月の出を知らない者はいないだろう。しかし円滑に事が運ぶとは限らなかった。駅前で散らしをくばっていると、そんな月の出あるか、ふざけるな、などと、チラシを投げられたり破られたりした。それでも呼び掛けを中止することはなかった。

「怖かった。鬼尾と一緒だから心強かったけど。止めるわけにはいかなかった。使命だもの」

「マリコのうちの爺さん、書き物をしながら未来を見詰めておったんだな。それで二十六夜の月の出がいかに素晴らしいかを、我々に聞かせたんだ。ここに座ってさ」

鬼尾は縁側を掌で小さく叩いた。

もう流行らなくなっておるがね。祖父はそう言って着物の後ろの裾をはしょった恰好で縁側に座り込み、懐紙を閉じただけの二つ折りの帳面を懐から取り出して、その間に挟んである真っ黒に墨で固まった筆の先を噛んでほぐし、軟らかくして、文字をしたためていた。文字が掠《かす》れると、再び筆先を口許に運ぶ。祖父の帳面には興味があった。そっと覗くと、濃い文字が薄い文字を押し退けて迫ってくる。「読ませて？」まだ読めないながら祖父の顔を覗き込み、懇願する。祖父は笑って額を小突き、再び筆先を口に含んで、文字をしたためる。

旧暦七月二十六日の月の出とそこに現れる阿弥陀仏の祖父の話は、四、五歳のころから続いていた。輝きながら昇ってくるその月の中に阿弥陀仏が両側に菩薩を従えて現れる。その月の出を拝むと幸運を得ることができる、という習わしがあって、見やすい高台や海辺に人が集まる。祖父の生まれる二十数年前が盛んだった。祖父の生まれたのが慶応三年、一八六七年。気の遠くなるような古い話だ。盛んなころが過ぎて時代が下っても、祖父はすでに人の少なくなった片道半日を費やす当時盛観第一とされた高輪の海辺へ行き、そこで滅多に見ることのできない二十六夜の月の出と、そこに現れる光の中の阿弥陀仏とを見た。祖父はその海辺から見た美しくも珍しい月の出を、一人でも多くの人に知ってもらうために、身近な家族や周囲の者たちに話して聞かせている。旧暦七月二十六日を頸を長くして待っていた。

「爺さんが生まれたのが慶応だろう。咄嗟にはどのくらい前か見えてこないな。平成に入って四半世紀。遡って、昭和、大正、明治、慶応。慶応は江戸時代だから、爺さんは江戸時代に生まれておるんだよ。その江戸時代の人を我々は身近に知っておったってわけだ。幸運といえば幸運で、時間の重さを感ずるなマリコ」

鬼尾が杯を手にし、通りの向こうの工事中のプレハブ住宅に視線を預けたまま、遠くの江戸時代をじっと見ている。

「慶応三年で驚いていてはダメよ。驚くのはもっと前よ。祖父が生まれる二十数年前が二十六夜の月見の流行ったころだから。祖父はその当時の、自分が生まれる前の話を、我々に聞かせていたのよ。驚くのは体を通り抜けていった時間の経過よ。百数十年前が今としてここにあるんだもの」

「そうだな」

「時間は過ぎていくわ。ゆっくりであったり物凄い早さであったりして、決して同じ速度では流れていかない。何億もの時間が瞬時に今になったりする。経過した時間は同じなのに、残っている歯が数本と二十八本とでは流れの速さがまるで違うわ。一方は遅くて一方は速い」

鬼尾が黙って、するめをなめている。

「お祖父ちゃん。その月の出がお祖父ちゃんに見えたのはなぜ？」

縁側に寝そべって帳面に文字をしたためている祖父に、言っている。

「なぜかな。そのうちわかるだろう」

「その月の出、その日にしか見られないの？」

祖父が筆を置いてこちらをまっすぐに見た。

「年に二回、一月と七月に見られるんだがね、真冬の海辺へ行く人はほとんどなくて、七月の月の出だけが人々の祭りになったんだ。その月はねマリ子。三日月が縦向きであるのに対して、横向きなんだ。立ち姿が三日月とすれば、僅かに頭を高くして寝ているのが二十六夜の月だ。水面に浮かぶ舟の形をしているという人もいるがね……。東から昇ってくるんだが、うちのこの縁側からは、月の出る瞬間は見えないんだ」

水面に浮かぶ舟の形をした月。祖父の見たその月の昇ってくるところを見たい。寝そべった腹這いの体を起こし、立ち上がって背伸びをし、東を見る。月の出る東は家や木立に遮られて、伸び上がっても透かしても見えない。「お祖父ちゃん見えなあい」月の出る東は余りにも遠そうだ。隣のおばさんが預かっている消防小屋の、火の見櫓《やぐら》の半鐘が庭の木の梢で霞んでいる。

「ねえお祖父ちゃん、その月の出はそんなに素晴らしいの？」

「素晴らしいね。尖端の舳先《へさき》が出て、続いて船尾の艫《とも》が出る。そして徐々に昇っていって、全体が現れる。三度輝いて、昇る。三光というんだがね。そういう月の出は二十六夜の月にしかないからね。太陽と明星と朝方昇るその月とが瞬時に見られる三つのことを三光という別の説もあるようだが……。新月から始まって二日月、三日月、十三夜月、十五夜月、それから、十六夜月、二十日月、更に、二十三夜月、二十六夜月と、月の形はいろいろあって、月の出もそれぞれ形が異なっているがね、三度輝いて昇ってくる二十六夜の月の出ほど素晴らしいものはない。そこに阿弥陀さんが現れるのだから、他の月の出とは比較にならない」

「その月の出、見たいわ。どんなふうにして昇ってくるのか、胸がわくわくする。でもどうして滅多に見られないの？　ねえどうして？」

「旧暦の七月二十六日の月の出が遅いからだ」

「では阿弥陀さんを滅多に見られないのはなぜ？　阿弥陀さんて、誰？」

「瑠璃《るり》や珊瑚《さんご》で彩られた美しい極楽浄土においでになる仏さんだ。どんな人でも必ず救い上げてくださるという仏さんで、手の指の間に水掻きがある」

水掻き。蛙を思い出して両手の指を広げてしげしげと見る。

「それだけではないんだ。立っておられる。すぐに駆けつけられるようにね。座っておっては間に合わんからな」

「極楽浄土ってどこにあるの？　人が死んだら行くところでしょう？」

「そうだ逝くところだ。遙か遠くの西のほうだ。そのときの阿弥陀さんは大勢の菩薩を従えてお迎えに来られる。来迎というんだがね。二十六夜の阿弥陀さんはそれとは違って、左右に菩薩を従えて姿をお見せになる」

「菩薩って？」

「広い意味での仏さんだ。仏になる資格がありながら世の中に留まって人々の、いや、生きているものすべての救済にあたるんだ」

「阿弥陀さんは極楽浄土においでになる仏さんなのね。うちの仏壇の中の木の阿弥陀さん、あれは何？」

「同じ阿弥陀さんだ。手を合わせて拝むのに必要だから作られたものなんだ。

マリコは月の出を見ればそれでよい。それだけでも感動する。珍しい月の出だからな」

「その月の出を拝むと幸せを摑むことができるのでしょう？　幸せを摑みたいわ」

「マリコにとって幸せとはなにかね」

「大勢の子供に囲まれたきれいなお母さんになることなの。それを阿弥陀さんにお願いするの。だからお祖父ちゃんが見た阿弥陀さんを見たいの」

滅多に見られないという阿弥陀さんが祖父に見られるのはどうしてか。ほとんどの人には見えない阿弥陀さんが祖父には見える。祖父の何が阿弥陀さんを見せうるのか。きっと阿弥陀さんと心が通じ合っているからだ。それで祖父の前に阿弥陀さんが姿を現すのだ。心を通じ合わせるにはどうすればよいのか。鬼尾に尋ねたら何て言うだろう。そんなときの鬼尾は興味のなさそうな顔をして、「自分で考えろ」と言うに違いない。では鬼尾の三人の子分たちでは……。祖父の見た阿弥陀さんを見たい。

手押しポンプを漕ぐギコンギコンという音が聞こえている。母が井戸端で水を汲み上げているのだ。長い筒を継ぎ足し、土間の隅の風呂桶に水を送る。これが母の仕事の中では最も重労働で、ポンプを漕ぐ手が動かなくなる。母の手はいつも疲れている。――そうだ。母に尋ねてみよう。祖父に阿弥陀さんが見える理由を。母のいる井戸端へ急いだ。きっと素晴らしい答えが返ってくる。

「お祖父ちゃんをじっと見ていればわかってくるのではないかしらね」

これが母の答えだった。すると、祖父の一日の行動を追ってみればわかるということか。祖父は毎朝仏壇の前で阿弥陀さんに経を唱えている。それ以外はとくに変わったことをしていない。すると経を唱えることか。消防小屋のおばさんは何て言うだろう。

井戸端を通って、裏庭の樹の間から消防小屋の玄関へ廻る。声を掛けても返事がない。建て付けの悪い戸が、僅かに引いただけでギシギシと音を立てる。おばさんは勤め先からまだ戻っていないのだ。近くの牛乳の処理場で働いている。おじさんを亡くしてからも、おばさんはこの消防小屋で、ずっと一人で暮らしている。人々に火事を告げる方法が、半鐘を撞《つ》くことからサイレンに変わり、男手を必要としなくても済むようになったからだ。風呂場と炊事場のある土間と十畳ほどの広い居間とがおばさんの預かる寄合所になった。地元の人は年寄りから子供まで、まるで自分の家のように便利に使っている。そういうときのおばさんは、処理所へは行かず、茶を煎れるなどして留守番役に徹する。子供たちはおばさんの家で遊んだ。今鬼尾は、黙って手酌の酒を楽しんでいる。

「ねえ鬼尾。あのときの手、引っかき傷で血だらけだったわ」

おばさんの家で二組に分かれて小倉百人一首の源平をしたのだ。鬼尾の子分たちも一緒に……。相手側の札を取るとこちら側の札を相手に渡す。札が先になくなったほうが勝ちで、読み上げられた札を見つけると逸早く手を出す。下になった手は上の手の爪によって傷を負う。

「みな傷だらけになったんだ。マリコはとくに要領がよくて、横からすっと手を入れて札を攫《さら》っていくんだからな」

「要領じゃないわ。実力よ。実力」

手の甲の傷は一年経つと消え、また、できては消え、今では跡形もなく、あるのは皺に浮く蒼い静脈だ。これが八十年だ。

鬼尾は酒を勧めない。いつのころからか勧めなくなった。受け付けない体であると察知したからだろう。それでいつも気兼ねなく一人で飲んでいる。杯を傾けては、通りの向こうの、工事中のプレハブ住宅の建物に視線を預けたまま、遠い目をする。その鬼尾の、酒の肴の塩辛を摘まみ、あのときの消防小屋のおばさんを待っている建て付けの悪い戸の前の、自分を見ている。

おばさんはまだ帰ってこない。待ちくたびれて井戸端の母のところへ戻る。おばさんは何て言うだろうかと、祖父の目に阿弥陀さんが映る理由を母に尋る。

「多分、変わったことをしていないところに意味がありそうね」

やはりそうか。すると祖父の胸の中か。それではどうしようもない。経を唱えるしかないか。まだ経は読めない。けれども阿弥陀さんに話をすることはできる。お願いをすることもできる。阿弥陀さんに近づいていくにはそうするしかない。熱心に手を合わせれば、やがて阿弥陀さんは気づく。心が通じ合うようになる。阿弥陀さんは二十六夜の月の舟に乗って現れる。きっと、現れる。そう信じて、仏壇の阿弥陀さんに手を合わせてお願いすることにした。「地味で上品な阿弥陀さん。月の出と一緒に昇ってくる後光の射したぴかぴかの阿弥陀さんにどうか会わせてください。祖父と一緒に月の出を待っています」

今日はその旧暦七月二十六日。この日の宵、祖父と母と消防小屋のおばさんと、そして鬼尾とその三人の子分との、みな揃った八人で、標高三百メートルほどの町外れの山、月の出の見えそうなレムチ山へと向かった。それぞれがリュックサックに食料を詰め込み、宵闇の山道を、ランプを頼りに登り始めた。

月明かりのまったくない狭い山道は想像以上の闇だった。ランプの明かりが足許を照らすだけがせいいっぱいで、顔に絡む木の枝を払い、だれもなにもいわず、木の根の盛り上がった歩きにくい山道を登った。普段はじっとしていない鬼尾も、このときばかりは静かだった。後ろから来る母と消防小屋のおばさんの、はあ、はあ、という荒い息遣いだけが聞こえていた。突然足許から飛び立つ鳥に恐怖を覚え息急《せ》き切って登る。それまで静かだった鬼尾の声が突然闇を破った。

「阿弥陀さんが月の舟に乗って現れるなんて大嘘だ。そんなはずないじゃないか」

鬼尾は出発前から同じことを言っている。

「嘘じゃないわ。阿弥陀さんは月と一緒に昇ってくるわ。お祖父ちゃんがしていたように仏壇の前で手を合わせてきた。紙に書いたぴかぴかの阿弥陀さんもポケットに忍ばせてある。心が通じ合えば阿弥陀さんは現れるのよ。三光に輝いて月が現れた後、阿弥陀さんが姿を見せなくても、見せるまで手を合わせて待ち続ける覚悟よ。阿弥陀さんは姿を見せる。見せると信じて手を合わせる。何より信じることが大事よ。だってお祖父ちゃんは見たんですもの」

最後尾の祖父の応援を期待するかのように声を張り上げる。

「月が出る朝方まで真っ暗な山の中でどうするんだよ。江戸時代の人はどうしたのかな。ゴザを敷いて寝ていたのかな。隣も見えない真っ暗な浜辺でさ」

「暗くはないさ」

鬼尾に答えたのは最後尾の祖父だった。

「海には帆柱を立てた何艘もの舟が出るし、花火も上がるし、海辺には俄作りの掛け茶屋が軒を連ねているし、よしず張りの腰掛け茶屋もあるし、どの茶屋にも提灯《ちょうちん》が点る。芸者の手配をする見番《けんばん》まであってな。そのほか、鮨、焼いか、水菓子、天ぷら、そば、団子、汁粉、麦湯、冷水売りなどの屋台で明るいんだ。そこを、月待ちをしている人々に交ざって、芸者や、芸者の三味線などを運ぶ箱屋や、それから楽器を持った芸人などが通る。明るくてそれは賑やかなんだ。料理茶屋の座敷に上がってゆっくり遊びながら見る人もいるようだけど……」

「朝方にならないと出ないお月さんを、江戸時代の人は寝ないで待っていたのね、お祖父ちゃん」

「辛抱強く待つのが江戸っ子だ。待っている間が祭りなんだ。それで二十六夜待、というのだ」

祖父の話は江戸時代がここにあるように生き生きとしている。すると見えてきた。屋台のてんぷら屋、水菓子屋、お汁粉屋、匂いまでしてくる焼いか屋などが。

「でも今夜は真っ暗だよ爺ちゃん。店がないんだからさ。みんなでごろごろ寝るしかないよ。鼻を摘ままれてもわかんない闇の中でさ」

鬼尾の不満が止まない。

「一人で寝なさいよ。その間に御馳走がなくなるから。なくなるころに月が出るのよ」

「初めから月の出に興味なんかないさ。来てやったんだよ、爺ちゃんとマリコのために」

「じゃ一人で帰れば……。その気もないくせに。鬼尾は憎らしいんだから」

縁側で酒を飲んでいる鬼尾は、子供のころとは比較にならないほど静かだ。人生を達観したのか。流れる時間は人をも変えるようだ。そんな鬼尾に声を掛けた。

「あのときはうちのお祖父さん、まだ体力が落ちていなくて若い人のようだったわね。七十は半ばだったと思うけど。暗い山道を案内するほどだったんですもの」

「爺さんは月が出る時間まで知り合いの宿屋で待機したんだろう」

「そう。宿屋と知り合いが多かったから。家が代々旅籠屋を営んでいた関係で。それで子供のころから、夢物語のように聞かされていた二十六夜の月の出を、親しい宿の数人と見たのね。月が出る前の闇で海も海辺も明るくはなかったけど、芝高輪の二十六夜待の木版による浮世絵が浮かんできて、焼いか売りはあの辺り、鮨屋はあの辺り、麦湯売りはこの辺りという具合に屋台の場所までが明るくはっきりと、まるで当時の江戸っ子が見たと同じようにお祖父さんには見えたのよ。宿が用意した料理を広げて祭りの宴を開いたんだわ」

「二十六夜の月見は誰でも苦労すると思うな。その瞬間まで真っ暗なんだから」

「だから効果的なんでしょう。闇だからこそ美しい月の出が見られて」

「あのとき、山へ登ってまで見るということに納得ができなくて、戻りたかったというのが本心だ」

「それであの山道で後ろばかり振り返っていたのね」

「火の見櫓から充分見えるんじゃないかと思ったからさ」

鬼尾は、火の見櫓が何より好きだった。そこでの月見なら、喜んでその気になったに違いない。仲間と一緒に梯子段に登っては遊んでいた。見つけられては、町の見廻りのおじさんに叱られた。〈危ないじゃないか、早く下りて来い。先生に言い付けるぞ〉鬼尾はそんなことには耳をかさない。櫓の上で逆立ちをしたり、梯子段に足を掛けて体を下に倒すなど、梯子乗りの真似事をしたりした。その程度はまだ軽いほうで、火の見櫓の半鐘を撞いて町中を驚かせた。「火事はどこだ、どこだ」人々が擦《す》り半《ばん》に慌てふためき、大騒ぎになった。見廻りのおじさんたちの手には負えず、警官が出る始末で、呼び出されて説教までされた。学校でも、そのお仕置きとして、水いっぱいのバケツを持たされ、廊下に立たされた。そんな鬼尾が可哀相になり、先生の目を盗んでそっと窓を開け、ちらりと見た。鬼尾はバケツの水を廊下に流し、空になったバケツを伏せてその上に腰掛け、眠っていた。思わず小さく笑ってしまった。鬼尾は先生の手にも負えなかった。チョークの付着した黒板拭きを教室のドアの上部に設《しつら》えた。知らずに入ってきた先生はチョークの粉を被って頭から顔まで真っ白になる。初めは下を向いてくすくす笑っていたクラスの仲間も、いっときを置いて大きな笑いになった。教室が笑いで割れた。先生は学校を辞めた。警官が出る始末といえば、川の魚を電気仕掛けで浮き上がらせて喜んでいた。説教など鬼尾の耳には入らない。そこで堤防に立って興じている鬼尾に向かって声を張り上げた。〈川の水が真っ赤よ。さっき人が鉄橋から跳び込んだから。千切れた頭と体が魚と一緒に浮き上がってくるわよ〉鬼尾の顔が、〈いやな女だなあ〉と言っていた。自分ながらいやな女だと思った。いたずらが過ぎるそんな鬼尾でも、仲間を苛《いじ》めることはなかった。苛めている相手を見ると駆け寄っていき、〈止めろ、何やってんだ〉と言うが早いかいきなり背負って投げた。コンクリートのようなところに投げた鬼尾を見たことがない。意識してのことかそうでないのか、怪我をしないようなところへ投げているように思えた。そんなところに鬼尾の細やかな思いやりを感じ、いたずらが過ぎても、憎めなかった。

「火事を知らせるのはサイレンだよ。町の人の頭の中には擦り半が根強く残っていて、それで大騒ぎになった。あれから多くの時間が過ぎた今でも鐘の音を聞けば、近くの火事、と瞬時に思う人が多いんじゃないかな。子供のころはおもしろかったよ」

「記憶って不思議ね。過ごしてきた時間の中にはこれまでの人生のすべてが詰まっていて、何一つ落ちこぼすことなく、そのときどきに、しかも瞬時に引き出されるのだから。そういう仕組みになっているのね。神の仕組みね」

「神の仕組みか。なるほど。脳には難しい仕組みが絡み合っているのだろうが、それは除けておいて、あのころが懐かしいよ」

「懐かしい？　それは堕落よ。過去を懐かしむのは堕落だと、鬼尾が言ったのよ。覚えている？」

「覚えていない。それも神の仕組みかな。年を取るという……」

あのとき、頂上へ向かう途中の山道で、鬼尾に途中から抜けられては祖父が悲しむのではないかと、どうあっても引き止めておきたくて、ふと浮かんだことを言った。

「火の見櫓よりレムチ山のほうがずっと高いのよ。アメリカが見えるんだから」

洟《はな》垂れの悪戯坊主が教室で、真面目な顔をして言ったのを思い出したのだ。

「アメリカが見えるはずはないけど海は見えるだろうよ。東に水平線が見えれば月の出は見えるわけだからさ。そこまであとどのくらいかなあ」

鬼尾はどうやら行く気になったようであった。

「この辺りで休憩を取ろうかね。頂上はすぐそこの、森の向こうだ」

祖父の一声でみな一斉にその場に腰を下ろした。

もう少しで頂上、と聞いただけで疲れが吹き飛び、気持ちにゆとりができ、急に空腹を感じた。リュックサックから母の作った鮭のお結びを取り出し、みなに一個ずつ配った。アサヒの一等米で作ったぴかぴかのお結び。どの種類よりもおいしいお米、アサヒの一等米。収穫を前にして弾けてしまう作りにくい早稲の米を、祖父はおいしさには勝てないと、作り続ける。水を曳いた田を耕すなどして鬼尾と一緒に祖父の手伝いをした。

「ねえ鬼尾。あれは耕すなんてものではなくて、子供の泥遊びだわね」

固めた泥をぶつけ合った。泥が目の辺りに当たってしきりに痛がる鬼尾を、手を叩いて喜んだ。すると鬼尾がはたき込んできた。倒れて顔が泥田に減《め》り込んだ。そのまま動かなくなった。

「あのとき驚いたよ。後にも先にもあんな驚いたことはなかった。マリコが動かないんだからさ。脳震盪《のうしんとう》を起こして死んだかと思ったよ」

「驚いたのはこっちよ。気がついたら鬼尾に抱かれているんだもの」

咄嗟に泥田に飛び込んだ。すると笑いが込み上げてきた。鬼尾と顔を見合わせて笑った。離れたところで祖父が大きく目を開いて何事があったのかという顔をしていた。

「脳震盪というとあのときを思い出すわね。脳梗塞とか脳溢血とか、そのような言葉は頭の入り口で、すぐに出られるようにいつも待機しているけど、脳震盪というのは深いところに居座っていて、よほどのことがない限り出てこないわ。出られないのかもしれないわね。あまりにも遠くて……」

「七十年は遠くて出られないんだよ」

アサヒの一等米は祖父の自慢の米で、朝晩のご飯も、母の作るお結びも、飛びぬけてうまい。母の作るそのお結びの中身はほとんどが鮭だ。味噌に漬けた鮭が味噌小屋にあるからだ。もう少しで正月というときに、我が家へ棒に刺した鮭を担いでくるおじさんがいる。おじさんは祖父と何やら話をしてすぐに帰っていく。〈うちの田畑を借りている人よ〉母が言った。母はその鮭を、長持ちするようにと、たまたまそこにある味噌に漬けておく。鮭はすぐには終わらない。担いでくるおじさんは一人ではないのかもしれない。お結びの中の鮭が怖い。骨が喉に刺さる。取り出そうとして変に咳をすると、祖父が見つけてご飯を塊にして持ってくる。それを噛まずに飲み込むと喉の骨は取れる。よく噛めば骨が喉に刺さることはないのに骨が怖くて急いで飲み込んでしまう。刺さる理由がわかっていながらどうにもならない。それで鮭のお結びが怖いのだ。ご飯は光っていておいしいのに。〈担いでくるおじさあん。もううちへ鮭をもってこないで〉

母は何をするのも早い。浴衣を縫うのも早い。手縫いでなくてミシンで縫うからだ。母の外国製のミシンは黒くて触ると手の跡がついてしまうほど光っている。母は喉から手が出るほど欲しくて手に入れたそのミシンがいとおしいのだ。それで可愛らしい洋服を作る。母はそばを打つのも早い。そば粉を固めて練ったそばを胸丈ほどもある長い麺棒に巻き付け、手前から向こうへ、また手前から向こうへと伸ばしていくうちに畳半分ほどの大きさになる。その手の動きはまるで機械のようだ。平たく伸ばしたそばを畳んで大きな包丁で細く切っていくのも早い。どうしてあのように手が早く動くのか。母は水田に稲の苗を植えるのも早い。束ねた一握りの苗を左手に持ち、そこから二、三株ずつ取っては水を張った田の中に差し込んでいくのだが、取るが早いか植わっている。母は何をするのも早い。天才なのだ。取り残しの鮭の小骨が少しくらいあっても仕方ない。

祖父が懐の帳面を取り出し、何やら書き始めた。木の枝に取り付けたランプが祖父の帳面を照らしている。祖父の書く文字は漢字が連なっていて難しい。どうして祖父は難しい漢字が書けるのか。

「手習いだ。寺子屋といえはわかるかな。そういう呼び方はしていなかったけどな」

「寺子屋？　お祖父ちゃんそんな昔の人？」

「昔ではないさ。マリコとは六十五、六しか違わないよ。そのころは読み書きソロバンを習うには、手習いへ行ったのだ。学問といえば漢字を覚えるのと解読だ。なにが書いてあるか読み解くことがわからんでは困るからな」

「そんなところへ行ったのはこの辺ではお祖父ちゃんだけ？」

「いや、みな行っておる。普通に五、六年は行っておる。決められた教本もあるし休みもある。わしは知りたいことがほかにあったから、別のところへもう少し行った」

「先生は怖かった？」

「ああ怖かった。正座を崩す子はいなかった。机に肘をつく子もいなかった。そんなことをすれば机を叩かれるでな」

祖父が子守の、乳母車に乗せられていた。片方の輪が溝に落ちた。斜めの体で泣きもせず乳母車の端をしっかり握り、筆先を嚙んでは帳面にしたためる祖父をじっと見ていた。幼くて這い出すこともできず、体を立て直すこともできないまま、祖父が乳母車を引き上げるのをただ待っていた。そのうち、文字を書いている祖父の顔を楽しいものでも見るように眺め始めた。下から見る祖父の顔はただでさえほっそりしているのに、さらに細く見えた。祖父は文字を書くのが忙しくて溝に落ちた乳母車に気がつかない。

「そんな小さいときのことを覚えているものなのかね。よほど怖かったのだろう。隣町の植木市へ行ったことを覚えているかな。あれはマリコが三歳のときだ」

「覚えている。堤防に松の木が続いていた」

「そうか。覚えておったか」

祖父は嬉しそうな顔をして、そろそろ出発しようかね、と言って筆を帳面の間に挟んで懐に収め、ランプを枝から外しながら、頂上はすぐそこの森の向こうだ、と言った。

再び暗い山道を歩きだした。頂上はすぐそことあって、みなもくもくと歩いた。やがて森と思えるところに辿り着いた。しかしそこは頂上ではなく、途中であった。一同、ぐたりとしその場に座り込んだ。子分の一人が、〈騙されたなあ、もういやだよ、引き返そうよ〉と弱気を吐いた。すると鬼尾が明るい声で言った。

「嘘も方便というんだよ。さすがだなあ爺ちゃん」

「ここまではあっという間だっただろう？　みなよく歩いたね。ここから先も、あっという間だ。あと一息だ。行こう。先頭を切った者には褒美を取らせる。何がいいかな。スイカかな。それともメロンかな」

三日も前から冷やしてある井戸端のスイカと戯れている彼らを、祖父は見ていた。みなすぐには立ち上がらない。そんな中先頭を切ると鬼尾が先を越した。スイカスイカと口々に言い、みな鬼尾に続いた。汗を掻き、喉に渇きを覚えている彼らにとって、この晩のスイカは何よりのご馳走だった。

頂上に着いたのは真夜中だった。瞳を凝らすと草叢《くさむら》の広がっているのが辛うじて見えた。海が見えるはずの眼下は暗いばかりで、月の出の東の水平線は空と海との境のない闇の中にあった。星明かりも届かない山頂の、草の上に敷物を広げ、それぞれがリュックサックを下ろし、締まりなく動いているうちに周囲が僅かに見えてきた。頂上には人っ子一人いない。

「江戸時代じゃあるまいし、こんなところまで月の出を見にくる物好きはいないさ」

鬼尾が目を顰め、人っ子一人いない辺りを見廻した。

祖父が敷物の四隅にランプを設えると俄作りのお座敷が明るくなった。

力尽きてどっかり座り込んでいた母が、リュックサックからブリキのボールに入った冷えたスイカを取り出した。鬼尾とその子分が寄ってきて、スイカスイカ、と騒ぎ立てた。母が俎板を取り出し、切っていく端からスイカは子分たちの手に落ちた。祖父に一切れを渡し、他の一切れを見詰めていたとき、素早く横から手を出した鬼尾に渡ってしまった。

「先頭を切った者の褒美だからな。分け前をお前にやるよ」

鬼尾は自分の分の一切れをこちらに廻した。その鬼尾の深い目に相手を思いやる彼の優しさを見た。

「あのときのスイカ、おいしかったわ。鬼尾って、本当は優しいんだ、そう思ったら変に胸がどきどきしてきた。そのときのこと、鬼尾も覚えているでしょう？」

「覚えていない」

鬼尾は赤くなった小鼻をひくひくさせ、顔全体をも赤くし、黙って井戸端のほうへ立っていった。恥ずかしさや気まずさを隠そうとするとき、彼の小鼻は興奮して赤くなり、ひくひくと動き出す。後には飲みかけの酒が僅かに杯に残っている。

鬼尾は胸の前で腕を組み、井戸端の薄暮の屋根の上を飛び交う蝙蝠《こうもり》を見上げたり、井戸端に目を落としたりしている。後を追った。

「蝙蝠に頭をつつかれそうになって肝を冷やしたことがあるわ」

一羽が二羽になり、二頭が四頭になって井戸端の屋根の上を掻き乱すいやな蝙蝠。鳩も鴉も塒《ねぐら》に帰った後の井戸端の屋根の上は黒い獣の独擅場《どくせんじょう》だ。頭の上を一羽が掠めた。続いて二羽、三羽。危険を避けて頭を抱え込んだ。

「この井戸はいつからここにあるのかな。マリコの母さんが氷で茶筒の中の牛乳を冷やしながらアイスクリームを作った我々が子供のころにはあったんだからな。すると、少なくとも七十年は経っているということになるか」

「七十年どころではないわ。湯殿への水を汲んでいたのが十歳ごろの祖父で、母はその後を引き継いだのだから。祖父が十歳といえば、明治十年。そのときはすでに井戸はあったのだから」

「その十年前、爺さんが生まれた慶応三年には、あったのかもしれんな」

「旅籠屋時代からあったと思うわ。祖父が生まれる二十数年前が月見の盛んなころで、そのころ、旅籠屋に井戸が掘ってなかったとは考えられないもの」

「すると慶応三年の、月見の盛んな二十年前、それより更に二、三十年、あるいはもっと前からあったとすると、何年になるのかな。江戸時代は長いからまったくわからないけど、はっきりしているだけでも、百数十年、おそらく月見の盛んなころを逃してはいないと思うから、二百年は経っているだろうな。二、三百年かな。するとこの井戸は二、三百年ここで生き続けているということか。そのころからここで時間を刻んでおったってわけか。途轍もなく長い時間になにを見て、なにを聞いて、なにを感じてきたのかなこの井戸は」

「二十六夜の月を見てきたんだわ。ご先祖様と一緒に。我々が祖父とレムチ山から見た同じ月を、この井戸は二、三百年前に、ここで見ているのよ。この井戸は……」

母は祖父から引き継いだこの井戸を大事に扱っていた。寒いときは鉄管が割れないように胴体に寒さ除けの縄を巻き、その上から毛布を二重にも三重にも巻くなどして冬を通していた。仮に割れるようなことがあっても鉄管は取り替えることができると聞いているから、井戸そのものがなくなることにはならない。それでも井戸水が凍ることがある。そんなときのために母は、家の中の大樽に数日は使えるほどの水を蓄えて置く。鉄管に毛布を巻く母の手伝いは、共同作業で楽しかった。

低空で飛ぶ蝙蝠の羽ばたきで目にゴミが入った。蝙蝠にはしばしばやられる。そのたびに痛い思いをする。目の中のゴミが落ち着くのをじっと待つ。口を尖らせて蝙蝠を悪く言っている間に落ち着いてきた。よし、とばかり竹箒を持ち出し、頭の上を飛ぶ蝙蝠目掛けて振り廻した。

「なにやってんだ。止めろ。動物虐待はよくないよ」

動物虐待。電気仕掛けで川の魚を浮き上がらせて喜んでいた鬼尾の言葉とも思えない。口に手を当てふふっと笑ったがこの優しさは持って生まれたもう一人の鬼尾であると気づいたとき、素直に箒を元に戻し、鬼尾が杯に酒を残したまま立ち去った縁側へ、鬼尾と共に戻った。

「この縁側も、井戸端の手押しポンプの井戸と同じように二、三百年は経っているのかな」

飲み残しの酒の入った杯を手に鬼尾が言った。

「もっと経っているわ。北条の武士が山の寺へ逃げ込むのにこの旅籠屋を宿にしたんだから。その寺、うちの菩提寺なのよ。住職が詳しいわ。僅かに資料が残っていたそうよ。僅かというのは、証拠を恐れて後に焼き捨てたからですって。詳しいことはわからないけど、うちの旅籠屋を使ったことはそれで確かよ。住職が何かの折にはその話をするもの」

「すると、天正のころか。天正も終わりのころ。北条氏が実質的に滅んだのがそのころだから。一五九〇年。秀吉が天下人になったころだ。へえ。四百二十三年前。この縁側は四百二十三年前当たりからここにあるのか。どれだけの人がこの縁側を通り過ぎていったんだろうな」

鬼尾は艶々とした縁側を撫でたり、縁の下を覗いたりした。

「旅籠屋だったこの家はそのころからあったのよ。要所要所にある柱は大人でも腕が廻らないほど太くて黒光りしているわ。天井の梁も太くて真っ黒で恐ろしいほどですもの」

「木の寿命は凄いなあ。計り知れないねえ。生きているんだな」

「そう。木は生きているのよ。呼吸しているの。湿気を吸い込んで膨張したり乾燥して収縮したりして。空気に触れている限り、木は生き続けるわ。切り倒してから徐々に強度を増していって、二百年目辺りが最も強いらしい。ヒノキのような良質な材料が使ってあれば千年以上の年月に耐えられるんですって。歴史が証明しているって祖父がいっていた」

「千年か。四百二十三年を驚けないな。その年数をこの家はこれからも生きていけるだけの力を持っているんだ。その力を生かすも殺すも、引き継ぐ人々にかかっているということだ。何億何十億という恐ろしいほどの時間が過ぎていった中で、この家は風雪に耐えながら、なにを見、なにを考えてきたのかな」

「井戸と同じように、二十六夜の、舟の形をした月を見てきたのよ。これからもずっと見ていくわ。人が見ても見なくても」

鬼尾が何を思ったのか突然縁の下へ潜っていった。鬼尾に続いて潜った。

「気をつけて。家の太い主がいるから」

潜っていった鬼尾からは返事がない。どの辺りまでいったのか物音もしない。主に噛まれたか。心配になって薄暗い中を手探りで恐る恐る奥へ進んでいった。

僅かに行ったところで戻ってきた鬼尾と正面衝突した。痛い。こちらも痛かったがあちらも痛かっただろう。外へ出た鬼尾の顔は蜘蛛の巣だらけだった。

「何で入ってきたんだよ。相変わらずお転婆だなあ」

「いつまでたっても出てこないからよ。主に噛まれたかと思って」

「噛まれなかったけど、噛まれたってどうってことないさ。毒を持っていない青大将だし子供のころからの付き合いだから」

「何代目の主かしらね。うちの青大将」

「旅籠屋時代からいるんだろう。十代目、大将とかいってさ。大将なんだよ、この家の」

「誰よりもこの家を守っているのは、その大将かもしれないわね。天井裏にいたり、部屋の梁の上にいたり、縁の下にいたりして。この家の中を巡回しているのよ」

「爺さんが神棚に、主のための酒を供えていたじゃないか。蛇は酒が好きだからといって」

祖父は、蛇を見ても叩いたり殺したりしてはいけないと常に言っていた。家を守っている神様だからと。

「蛇にも酒の好き嫌いがあるのかしら」

「太くて恰幅のいいところをみると、好きなんだろう。闇夜に出てきて、二十六夜の月を眺めているんじゃないかな。ほろ酔い加減でさ」

鬼尾が顔や頭に纏わりついた蜘蛛の巣を払いながら、工事も終わりに差し掛かった通りのプレハブ住宅を見ている。

「今時の建物はあっという間にできてしまうわね。昔の建物とは違うわね」

鬼尾と並んで工事中の建物をじっと見た。

レムチ山の俄作りのお座敷では、母がブリキの容器からアイスクリームを取り出そうとしている。子分たちが、待っていたとばかりに手を伸ばした。「ちょっと待ちなさい」母の手が彼らの手を遮った。

「どういうふうにして運ぼうかと一晩考えてね、それでたくさんの氷で包むようにして、ブリキの缶の中に入れてきたのよ」

溶けていなければよいがと、母は手を合わせて拝む恰好をした。

彼らは母の作るアイスクリームが大好きだ。牛乳に卵を加えて作る井戸端でのアイスクリームは、唇を舐《な》めながら待っている鬼尾たちでたちまちなくなってしまう。

彼らがブリキの缶を見詰めている。

母が缶をあけた。氷が詰まっている。その氷を掻き分けると中から金属製の容器が出てきた。アイスクリームはその容器の中に入っている。再び母が、溶けていませんようにと手を合わせた。彼らの目が容器に釘付けだ。母が恐る恐る容器の蓋を開けた。溶けていなかった。

彼らによってアイスクリームはあっという間になくなった。こちらまで廻ってこなかった。だが黄色く輝く宝石のような煎り卵は彼らにはいかなかった。粥を炊くための把手と注ぎ口の付いた陶器のユキヒラ鍋を、祖父は偶然通りかかった街の焼き物市で見つけた。卵焼きは黒こげにしてしまう祖父だが、ユキヒラ鍋で作る煎り卵は上手だ。

「お祖父ちゃんありがとう」

甘い香りを周囲に漂わせて、黄色い宝石を一口ずつ、一人で味わう。一同ご馳走に手を付け始めた。

満腹になると鬼尾は座敷に体を横たえて眠ってしまった。今眠っては朝方まで目が覚めない。月の出は見られない。

「起きなさいよ」声を掛けても鬼尾は起きない。

近くの草叢から数本のネコジャラシを採取してきた。その中から大きなものを一本引き抜き、ふふっと笑いながら穂を廻してみた。これで鬼尾の顔をくすぐる。どんな顔をして起きるか。想像すると愉快で堪らない。穂を鬼尾の顔の上に持っていき、頬を撫でた。閉じた目がピクリと動いた。今度は鼻の周りを細かく動かした。鬼尾の手が伸びて鼻を擦った。もう一度鼻の周りを撫でた。彼の手が勢いよく鼻を擦った。それでも彼は起きない。

「疲れたのだろう。寝かせてやっておくれ」

鬼尾への祖父の言葉がやわらかくて気にさわる。

「マリコはどんなお姿の阿弥陀さんが現れてほしいのかね」

今度は祖父の声がやわらかい。涙が出てしまう。

「後光の射した金色に輝くぴかぴかの阿弥陀さんよ。お祖父ちゃんは？」

「今夜はわしの前にどのようなお姿でお出ましになるかな。その時々で違うからな」

「阿弥陀さんなんか現れるはずないじゃないか。何を信じているんだよ」

眠っていると思っていた鬼尾が起きて目を擦っていた。

「現れるわよ。学問の好きなお祖父ちゃんが見たといっているのだから、間違いないわ」

静かにしなさいと言うのだろう母がこちらを見て睨んだ。

鬼尾がどこへ行くのか歩きだした。子分たちが後についた。少し行ったところで鬼尾が立ち止まった。足で円を描き始めた。そこは草叢の中の、滅多にない砂場であった。どうやら彼らは相撲を取るらしい。土俵を作っているのだ。

「そこで相撲を取らないでよ。ここはお祖父ちゃんの場所だから」

「お前は阿弥陀さんに願い事を唱えていろ。そうだ唱えていろ」

子分までが攻め立てる。

「阿弥陀さんは現れるわ。どうして現れないって言い切れるの」

祖父が笑っている。口を尖らせて横を向いた。

小皿の中の水羊羹がおばさんの手の上で光っている。その光の向こうにおばさんの笑顔がある。その笑顔に会うと魔法にかかったように胸の蟠《わだかま》りが解けてしまう。おばさんは優しい。あのときも優しかった。火の見櫓の梯子段の途中で怖くて動けなくなっていたとき、外から戻ったおばさんが見つけて、〈ゆっくり下りてくるのよ、ゆっくりね〉と言った。鬼尾と同じように半鐘のある櫓まで登ろうとして、余りの高さに身が竦み、動けなくなっていたのだ。足が下へ伸びない。梯子を握った手が動かない。下を見ると、おばさんが手荷物を下に下ろし、両腕を伸ばして待っていた。固まった手が徐々にほぐれていった。あと三段というところでおばさん目掛けて飛び降りた。おばさんに抱きかかえられたまま、草叢の中へ倒れ込んだ。二人で思い切り笑った。おばさんは叱らなかった。火の見櫓に登っていたことを母に伝えには行かず、下りてくるのをじっと待っていた。先生に言い付けるともいわなかった。もしおばさんが、慌てて母に知らせに行ったり、先生に言い付けるなどと言って大騒ぎをしたら、反発して、梯子段登りを止めなかったに違いない。おばさんは自分一人の胸の中にしまっておいてくれた。そのおばさんのために、もう登らないと決めた。

鬼尾たちの相撲が始まった。絵の阿弥陀さんをポケットから取り出し、手を合わせ、願い事を呪文のように唱えた。——ぴかぴかの阿弥陀さん、どうぞ月の舟に乗ってお姿を現してください——。母とおばさんの声が呪文の声と重なって小さく聞こえる。——あの子強いわねえ。早いのよ、あの子の相撲は。玉錦みたいね。次々に倒していって。玉錦は凄い人気だけどひところほどではないわね。双葉山に続けて負けてからはぱっとしない。生傷が絶えなかったそうよ。ぼろぼろになるまで練習したらしいから。体が小さいし、それに自分から志願して弟子入りしただけに負けられない。それで〈ぼろ錦〉と言われたのよ。双葉山より玉錦のほうが好きよ。体も小さくて可愛らしいし名前もいいじゃないの。倒されても倒されても喰らいついていくでしょう。あの気迫は土佐犬ね。双葉山がいかに強くても好みからいうとやはり玉錦ね——。母とおばさんの話はいつ終わるとも知れない。鬼尾たちの相撲が賑やかだ。

皿に取り分けた散らし寿司に、胡瓜《きゅうり》と茄子《なす》の糠漬けを添えて遠くを見ている祖父に差し出し、土俵の上の鬼尾たちに向かって声を掛けた。

「休憩よ。早く来ないとご馳走がなくなるわよ」

取り組んでいる彼らに声は届かない。仕方なく遠くの海の方角に視線を移す。早く出ないかなあ、月が……。あの暗い海の向こうから月は昇る。見慣れた月ではない珍しい形の月が。遠眼鏡で水平線の辺りを見詰めた。目が痛くなるほどじっと見た。すると僅かに赤く見えてきた。

「お祖父ちゃん、月の出よ。海と空の境目が赤くなった」

「赤くはなってこないだろう。辺りを赤く染めて華やかに昇ってくるのは太陽だ。二十六夜の月は暗い空を紫色に染めて昇ってくる。それにまだ時間ではない」

ご馳走はまだたくさんある。このご馳走がなくならないと月は出ない。退屈な目にどんなものでも構わないから映ってほしい。アメリカが見えたと、酷く真面目な顔をして言った悪戯坊主を思い出しながら遠眼鏡で覗いていると、祖父がしきりに笑った。

「それは火吹き竹だろうマリ子」

母の手伝いの、ご飯を炊くときの火吹き竹だ。かまどに焚き付けの枯れた杉の葉をくべ、その上に木の細かい枝を載せ、薪《まき》を置く。マッチを擦って、枯れ葉にそっと近づけると、枯れ葉が燃え、細い枝が燃える。火が薪に移るとかまどの中は煙でもやもやする。そこで火吹き竹を使う。しっかり口に当て、燃え移ったばかりの薪に向けてふうっと吹く。

三、四回続けて吹くと、頬が痛くなる。少し休んで、また吹く。火がすっかり薪に燃え移り、火力が強くなると、釜の中のご飯がいい匂いをさせて煮え始める。先端が燃えて黒くなった火吹き竹が自分にとっての望遠鏡、遠眼鏡だ。座敷のご馳走が全部なくなって、月の出を誰よりも待っているのがこの遠眼鏡なのだ。

退屈に耐え兼ねて遠眼鏡を抱え、鬼尾たちのいる土俵へ向かった。いると思った彼らはいなかった。土俵も元の砂場に戻っている。彼らはどこへ行ったのか。暗い草叢をさらに行く。そこにも彼らはいない。辺りをさ迷い歩いた。

「鬼尾はどこ？　どこにいるの？」

探し廻った。自分がどこを歩いているのかわからなくなった。方向を失った。

「お祖父ちゃんたちどこにいるの。鬼尾どこにいるの」

更に草叢を進んだ。夢中で走った。真っ暗の中を構わず走った。

「鬼尾どこにいるの。誰か来て……。誰か」

心細くて草叢に座り込んだ。涙が出てきた。泣きながら辺りを見廻した。暗くて何もみえない。しばらくして、遠眼鏡を目に当てた。あちらこちら見ているうちにぼんやり点る遠くの明かりが見えた。あの明かりはどこの明かりか。このレムチ山の頂上に明かりを点している人たちが他にいるとは思えない。人っ子一人いなかったのだ。するとあの明かりは間違いなく祖父や母のいるところだ。仲間の明かりだ。明かりに向かって走り出した。近くまで行ったとき、座敷に座っている祖父を見た。母もおばさんも鬼尾もいた。涙で曇った。思い切り大きな声で泣いた。すると鬼尾が近づいてきて言った。

「どこへ行っていたんだマリコ。間もなく月が出るというのに……。お前の卵焼き、取ってあるから早く食べろ」

ご馳走は卵焼きを残してほとんどなくなっていた。間もなく月が出るということで涙が消し飛び、胸がわくわくしてきた。鬼尾たちは土俵を元の砂地に戻してゴザの座敷へ戻っていたのだ。

今縁側でちびりちびり酒を飲んでいる鬼尾に、そのときの心細い光景が甦り、瞳が曇った。

「ねえ鬼尾。あれから長い時間が経っているのに、三途の川の縁に立っている自分が見えて、涙が出てくる。朝方の夢のような近さで」

「みな手分けして探したんだ。大きな声で呼んでさ。聞こえなかったんだな」

鬼尾が塩辛を摘まみながら言った。

「あのとき、もし見つけ出せなかったらどうするつもりだった？」

「みなを引き連れて帰っていたさ」

「帰っていた？　ふん」

塩辛を摘まんだ。

「空の様子が変わってきたように見えないかね」

祖父が空の彼方を見ていた。みな一斉にその視線の先を見た。しかし変わっているようには見えない。すると祖父が言った。

「阿弥陀さんは今、お出ましになる身支度をしておられる。少しずつ空の色が変わってくるのを見逃してはならんで、しっかり見ておっておくれ」

――身支度。すると、月はすぐに昇る。やがて空と海との境目が紫色に変わる。阿弥陀さんの出現を否定していた鬼尾たちもみな真剣な顔つきで遠くの水平線の辺りをじっと見た。ぴかぴかの阿弥陀さんをまぶたに浮かべて手を合わせた。――阿弥陀さんは現れる。金色に輝いて現れる。必ず現れる。後光の射したぴかぴかの阿弥陀さん、どうか月の出と一緒に昇ってきてください――。

いつまでたっても変わらない暗い空に鬼尾が欠伸《あくび》をした。子分たちは居眠りをしている。必ず変わってくる空の色を見逃してはならないと、目を凝らす。

「色が変わってきたように見えないかね」

祖父の声に子分たちが一斉に顔を上げた。確かに紫がかっている。出るのだ。二十六夜の月が。まぶたに浮かぶぴかぴかの阿弥陀さんを海辺に映して手を合わせ、唱える。阿弥陀さんは現れる。ぴかぴかの阿弥陀さんは現れる。唱えるのは今だ。ぴかぴかの阿弥陀さんは現れる。やがて一同が見詰める中で、空と海との境目が紛れもない紫色になった。その色は刻一刻と深みを増し、辺り一体を深い紫に染めた。明け切らないまだ暗いうちの、空に現れたこの世のものとも思えない深い紫の世界を、一同ものも言わずじっと見た。鬼尾も三人の子分たちも、母もおばさんも、そして祖父も、息を呑んで見詰めた。どのくらい経ったのかふと気づくと、辺り一体に広がっていた深い紫が、中心の部分を残して薄くなっていた。月が昇るのはその深い紫の中心の部分に違いない。針の先ほどの月の先端が現れるのをみな瞬きもせず待っている。唱える。阿弥陀さんは月と一緒に昇ってくる。必ず昇ってくる。まぶたに浮かぶぴかぴかの阿弥陀さんは月と一緒に昇ってくる――。

「マリコ、見えるかね？　うっすらとした阿弥陀さんのお姿が」

その声にみな祖父を見た。

「どこに。阿弥陀さんはどこに現れているの、お祖父ちゃん」

「二十六夜の月は細い。海に浮かぶ舟の形をしていると言う人もいるくらいで、舳先と艫とが跳ね上がっている。真っ先に現れるのは舳先だ。その僅か後に艫が現れる。それ以外は、欠けているので、出ていても見えない。けれども、じっと見ていると、出ていても見えないその部分が、輪郭を取って薄く見えてくる。その輪郭の中に立っておられる、阿弥陀さんは月の舳先と艫が出る前に姿をお見せになっておられるのだ」

「見えない。どんな阿弥陀さんがお祖父ちゃんには見えているの？」

「仏壇の中の阿弥陀さんだ。毎朝手を合わせているその阿弥陀さんが現れておられる。今夜の阿弥陀さんはこれまでにない、にこにことした、いいお顔をなさっておられる。二十六夜の月をマリコに見せたいと言う切実な願いが、毎朝のお勤めによって、阿弥陀さんに通じたのだろう」

「お祖父ちゃんと同じように毎朝お祈りをしているのに見えない」

「マリコもわしに劣らず祈っておる。阿弥陀さんが姿をお見せにならないはずはない。気を落とさず、最後までお祈りをするんだ」

滅多に見られない月の出が祖父に見えるのはどうしてかと、あのとき祖父に尋ねた。祖父は、〈どうしてかな、そのうちわかるだろう〉と言った。それは切実な願いによるものだったのだ。孫のマリコに二十六夜の月の出を見せたいという祖父の切実な願い。それが阿弥陀さんを見せた理由だ。そこまでして見せたかったという切実な願いが、祖父の目に阿弥陀さんを映し出させたのだ。

「マリコは阿弥陀さんにお願いをするのだろう？　それで阿弥陀さんの現れるのをずっと待っておったのだね。その心が阿弥陀さんに通じないはずはない。じっと見ていておくれ。きっと阿弥陀さんはマリコの前に姿をお見せになる」

――阿弥陀さんは必ず現れる。まぶたに映るぴかぴかの阿弥陀さんは月に乗って現れる。必ず現れる。阿弥陀さんは必ず現れる――。

すると、紫色の空に月の輪郭が薄く見えた。あの中に阿弥陀さんが立っておられるはずだ。しきりに探る。金色の阿弥陀さんはそこにおられるはずだ。大勢の子供に囲まれたきれいなお母さんになれますようにと、ずっとお願いしてきた。それが阿弥陀さんに通じないはずはない。阿弥陀さんは姿をお見せになる。合掌した手に力が入る。

そのときだ。針の先ほどの金色の光が紫色の水平線上に一瞬ぴかっと光った。その光は見ているうちに月の尖端と見て取れるほどになった。船の舳先が現れたのだ。間もなく艫が現れる。舳先から離れた艫の辺りに目を凝らす。光った。艫だ。尖端の舳先と船尾の艫が出たのだ。金色の舳先と艫とを見比べているうちに本体が現れた。三度輝いて昇ってくるという祖父の言った三光というのはこのことか。尖端が一瞬輝いて、続いて艫が輝いて、徐々に昇っていって、全体が現れる。目の眩むような金色の二十六夜の月が目の前で開いた。そこに、阿弥陀さんが立っておられた。絵に描いたそのままのぴかぴかの阿弥陀さんが、両側に菩薩を従えて。

「お祖父ちゃん。ぴかぴかの阿弥陀さんが立っておられる」

「見えただろう。さ、願い事が叶うようにお願いをしよう。二十六夜の月に乗って現れる阿弥陀さんのお姿をマリコがその目で見れば、その月の出をどうしてもマリコに見せたかったわしの望みは叶ったことになる。阿弥陀さんとのこの出会いを大切にすることだ。今後の人生が深く豊かになるはずだ。わしもマリコの願いが叶うようにお願いをしよう」

錦の衣を纏った阿弥陀さんが今、四海に後光を放っている。この輝くばかりのお姿を目に焼き付けておきたくて、瞬きもせず、じっと見る。やがて手を合わせ、胸の温まる思いで願い事を唱えた。にっこり微笑んだ阿弥陀さんの、しかも頷いたお顔が映った。阿弥陀さんが願い事を聞き届けてくださったのだ。あの微笑は返事なのだ。

「お祖父ちゃん阿弥陀さんが、願い事を……」

これまでにない温かい祖父の笑顔をそこに見た。

鬼尾もその仲間も、母もおばさんも、この世のものとも思えない紫の世界に現れた金色の月に見入ったまま、言葉が出ない。やがて、紫が散った空に、二十六夜の金色の月が昇っていった。

細い月の舟は、見ている間に上空へ昇り、折から昇ってきた陽光を受け、オレンジ色に変化し、やがて白色の月となった。


レムチ山から戻った祖父は疲れた様子も見せず、懐の帳面に文字をしたためている。時には自室に籠り、難しい本を読んだりしている。何の本か、興味があった。ある日、母がその部屋の掃除をしているとき､祖父の本箱の本を見せてもらうことにした。〈これは論語です、これは経典です〉と母が言った。祖父が懐に忍ばせていた帳面も何冊かあった。それらには、四文字か五文字、あるいは七文字か八文字で区切られた漢字ばかりが綴られている。どのページもみな漢字ばかりだ。中には読めそうな易しい文字のものもあった。祖父はその論語や経典を、筆先を嚙んではしたためていたのだ。

「論語って何？　経典とは？」

「論語とは人間の生き方を教え諭す本です。二千年以上前に孔子という人のいった言葉を弟子たちが書き残したと伝えられている本で、お祖父ちゃんは、二宮尊徳という偉い人が、薪を背負ってまで読んだ本が論語であると知って、上級の手習いへ行ったんですよ。植木市でのあの松も、その偉い人が、水害で堤防が崩れないようにと、子供のころに植えたものなの。お祖父ちゃんはあの長生きをしている松を見ると、胸が塞がるんですって」

「子供のころに？」

「経典は仏教の教えを説いた本で、家系が仏教だから、お祖父ちゃんにとっては阿弥陀さんもお釈迦さまも親しみ易い存在だったのね。それでお祖父ちゃんは、あらゆる経典に興味を持った。どんなものを読むよりも深くて壮大で、美しいって」

インドの古い話を記した帳面もあった。「ジャータカ物語」としてある。お釈迦様が菩薩であったころに、善い行いをしたということが記されている話で、「ウサギの施し」「幸運を摑んだゾウ使い」命を捨てて仲間を助けたサルの話など、三十三話があった。「幸運

「お祖父ちゃんはこれからも、難しい勉強をしていくのね、お母さん」

「それがお祖父ちゃんの生き甲斐だから」

「生き甲斐？　卵焼きを作るのも、二十六夜の月の出を見るのも生き甲斐だと言っていた。

どうして難しい勉強も生き甲斐なの？」

「それはね。恩送りなの。受けた恩を次の人に送るということ。お祖父ちゃんの場合、論語や経典から色々な教えを承っても、その人に恩を返すことはできないから、受けた教えを次の人に伝える。これが恩送り。お祖父ちゃんの勉強の、論語や経典は、後の人に伝えていくためのものなの。生き甲斐というよりは、責任ね。それで難しい文章を読み解いて、誰にもわかるように、書き直しているんですよ」

「お祖父ちゃんが二十六夜の月の出を見せておきたかったのも、伝えていってほしいという強い思いがあってのことね。それで旧暦の七月二十六日を待っていたのね。伝えていくわ。お祖父ちゃんが論語や経典を後の人に読んでもらいたいと思っているのと同じように、お祖父ちゃんから教えられた美しい二十六夜の月の出を後の人に伝えていく。それが恩送りね。どんなに世の中が変わってもこの珍しい月の出がなくなることはないものね。伝えていく。美しくも珍しい二十六夜の月の出を」

祖父がどこへ行っていたのか、いつ戻ったのか、にっこり笑って、後ろに立っていた。

「あのときの爺さんの表情、生き生きしていたな。物事が一つ片付いたという余裕かな。

現れるはずのない阿弥陀さんが現れると信じて、みな夢中になって、山へ登った」

縁側に座ったままでいた鬼尾が立ち上がって背伸びをした。

「信じて山へ登ったわ。信じることで心の中の阿弥陀さんの幻が、瞳を通して月に映った」

「一緒に登ったマリコの母さんも、消防小屋のおばさんも、疾うにいないのに、そこにいるような気がしてならないよ」

「おばさんの家も、火の見櫓も、姿を消して跡形もなくなっているのに、まるで存在しているかのように見えてくるわ」

「爺さんは、江戸時代の人々の唯一の娯楽であった二十六夜の月の出を絶やしたくなかった。時代が置き去りにしていくことに耐えられなかったのだ。古いものの中には絶やしたくないものもある。絶やしてはならないものもある。最たるものが建物だ。古いものは壊して建て替えればよいというものでもない。マリコのこの家など、引き継いだ人が次へ引き継ぐために大切に扱ってきたことで今日がある。粗末にしてはいかんな」

「当然よ。母は、あの井戸を大切に扱ってきたわ。これからも母に倣って大切に扱っていく。祖父からは、二十六夜の月の出を見せてもらった。すでに、次世代に引き継いでいるわ。この家もね。それをこの目で見せてもらっている。幸運にも……」

七十年後の今日があるなど、あのとき誰が想像しただろう。祖父は月の舟に乗って現れる阿弥陀仏の幻影を瞳に映すことで、心の安らぎを授かることを知っていた。そして次の世代に渡した。信じることの幸せを授かった一瞬だった。

今から七十年後に、紫の世界に現れた金色の月に感動した孫娘と雄介とが、この縁側に座っている姿がまぶたに映る。

過ぎ去った七十年余りの時間が、遠いのか近いのかわからなかった。

狂った視線

ふと気づくとあの女を思い浮かべている。

女は赤い唇を大きく開き白い歯を見せこちらを見て笑っている。すると笑い声まで聞こえてくる。しかし本当に聞こえているのかそうでないのかはっきりしない。声は遠くのほうから徐々に近づいてきて耳の奥から頭の中全体に広がる。だがそれも実際に聞こえているのではなく、脳裏に焼き付いているあの女への憎悪が聞こえているように感じさせているのかもしれない。

〈あの女、こちらばかり見ていて厭なの。どうして見るのかしら〉〈いいじゃないか見たって〉〈よくないわ〉〈見ているわけないよ〉〈どうしてそう言えるの〉〈あの人は働いているんだよ〉〈あの人？　あなたあの女を知っているの？　働いているなんてここからは見えないのに。どうしてそれがあなたにわかるの？〉〈いいじゃないかそんなことどうだって〉〈よくないわ。言ってみて。そうでないとあなたという人がますますわからなくなるわ。あなたに不信感を抱きたくないの。だから言ってみて〉〈あの人は君と違って忙しいんだよ〉〈君と違ってですって?〉

抑えていた夫への不信感の触発の始まりだった。

下の部屋からちんまりとした公園を隔てて四階建ての細いビルが見える。三階までは窓に薄いカーテンが引いてある。四階は引いてない。いつ見ても開いている。カーテンが取り付けてないのかもしれない。あの女はそこにいる。何をしているのかこちらからはわからない。だがいつも窓の近くを行ったり来たりしている。横を向いているとか後ろを向いているとか、そのようなことが辛うじて判断できる距離だ。〈あの人は働いているんだよ。君と違って忙しいんだ〉夫は一体あの女のなんなんだ。

あの女が外を見れば視線の落ち着く先は下の公園だろう。その視野の中にこの家がある。下の部屋は公園の繁みの陰で見えないだろうが二階は遮るものがないので真っ直ぐに見える。それはこちらも同じだ。あの女のいる四階が二階からは真っ直ぐに見える。しかし女の焦点の先の確認まではできない。あの女からもこちらの視線の先を確認するのは難しいだろう。そこまでは難しいとしても視線が合うと、見ている、と感じ取れるものだ。我が家の二階を執拗に見るあの女の視線が気になってならない。そんなある日、夫が言った。

「君もあの人を見習うといいんだよ」

「見習う？　このわたしがあの女を？　どういうこと？」

「見習えばいいんだよ」

「だから何を？　何を見習うの」

夫は黙った。肝心なことは言わない。どんなときも言わない。

目障りなあの女に消えてほしい。そうでなければせめてカーテンを引いてほしい。目塞ぎとしてのカーテンは必要だ。先方に迷惑をかけないためのものでもあろう。取り付けてないのであれば早速取り付けてほしい。こちらは障子がある。

「カーテンを開け放した窓は、ある意味ではよくないわね」

「いいじゃないか開け放したって。いやなら見なければいいんだよ。開けようと閉めようと向こうの勝手だ」

「そんなふうに突き放した言い方しないでほしい。向こうの立場で物を言っているようであなたとの間に壁ができてしまうわ」

「あの人がこちらを見ているというのが、君にどうしてわかるんだ。君も見ているからだろう」

お互い様とでも言いたいのだろう。無理に見ようとしなくても居間にいれば公園の繁みの間からどうかすると目に入る。あの女はそうではない。視線を逸らすでもなく真っ直ぐに見る。真っ直ぐに見える二階を。気にならないほうがおかしい。夫はあの女の側に立っているようなことを言うが、窓が開いていれば見たくなくても自然に目はそこへいくものだ。失礼だと思うからこちらからは真っ直ぐに見ない。部屋の中を丸見えにしておくあの女、言っておくが、迷惑を被っている人がいるということを心しておいてほしい。あの女を庇う夫の煽りが胸の内で迸《ほとばし》る。

一日気にかけてしまうとのめり込むばかりであの女が心から離れない。どこからともなく聞こえてくる笑い声や話し声があの女のところからのものであると思ったり、女の顔がはっきりとは見えないのに、嘲笑しているように感じたりする。このままでは変になってしまう。そう思うのだが思い込みが強ければそのほうに心が傾くのは当然で、誰にでも起きる錯覚だと開き直る。

単調な日常生活に飽きがきているのは確かだ。中学生の娘には手がかからない。子供のころのようには。働きに出たいという意欲は充分にある。だが似合った仕事が見つからない。探しているにもかかわらず。それで人の働いている姿を見ると取り残されるという思いで、焦りが出る。そこへ夫の言葉が火をつける。〈あの人は君と違って働いているんだ。あの人を見習うといい〉あの女を引き合いに出す。痛いところを無理に突くことはないではないか。一体夫はあの女のなんなのだ。

出て行ってよ。出て行きなさいよ。庭に入ってくる猫を追う。猫は腰を落として冷たい目でこちらを睨む。その目が嫌いだ。冷たい。早く出ていって。出ていかないと叩くわよ。猫はこちらを睨んだまま出て行かない。係わりのない猫にまで八つ当たりしてしまう。八つ当たりは最愛の娘にまで及ぶ。試験の点数の低いときなど叱ったり理由を聞き質したりしているうちに頭を叩いている。娘が泣き出してはっとする。あなたのような優秀な子でもたまには悪いお点を取ることがあるのね。あなたは頭のいい子ですものね。宥める。泣いていた娘がにこりとする。猫がいない。叩かれないうちにと思って逃げていったに違いない。賢い猫。手を伸ばせば届くところにあの女がいたとしたら、どうなっていることか。叩かれないうちに消えたほうがいい。賢い猫のように。

水仕事のあとの手にクリームを塗りながらたった今届いたばかりの段ボール箱にはいっ

た大きな荷物をじっと見る。少し前、夫の会社からの電話に首を傾げた。夫が記入した届け先の住所が不明確で配達できない。困ったデパートからの配達人が夫の会社へ連絡をした。会社の事務員が、外へ出ている夫に連絡が付かず、さりとて帰りも待てず、大至急という荷物を送り主の自宅へ届けるようにと命じた。玩具と記入された一抱えもある荷物は我が家へ辿り着いた。玩具。夫はこの荷物の中のおもちゃをどこへ送ろうとしたのか。夫が書き込んだ玩具という文字の上に爪を立てる。

「どこから来たの、その大きな荷物。何を送ってきたの」

帰宅した娘が鞄を持ったまま、荷物の載せてあるテーブルに近寄ってきた。

「うちへ来た荷物じゃないの。連絡がとれないそうで、それで」

荷物の表に書き込まれた文字を娘は指で追う。

「送り主はお父さんじゃないの。え、送り先はこの町。するとここから遠くないってこと？　送り先の住所がはっきりしない。名前、男、女？　紛らわしい。玩具？　お父さんおもちゃをどこへ送ろうとしたのだろう。ねえお母さん、会社の事務員がお父さんの仕事の先へ連絡がとれないなんておかしいと思わない？　お父さんどこかに隠れているんだ」

隠れている。娘は鞄を抱えて自分の部屋へ行った。荷物を前にして椅子に腰を掛けると、娘が雑誌を手に戻ってきて、横の椅子に座った。ページをめくっていた娘が突然雑誌を閉じ、目の前の荷物を両手で抱え、声を上げた。

「軽いじゃないお母さん。もしかしたら寝ている赤ん坊の顔の上でくるくる廻るあのおもちゃじゃない？　今そのおもちゃ、あまり見かけないけど……。こんな近くにお父さんの知っているそんな人がいるのかしら。お父さんいつもの時間に帰ってくる？」

送り先を確認しようというのだろうか娘は間髪を容れずに夫の帰宅時間を尋ねた。

「さあ」

「遅くなるって、お父さん出掛けに言っていかなかったの？」

「このごろは言っていかない」

娘はテーブルの上の荷物を前に、頬杖を突いた。

「ねえお母さん。この荷物、四階のあの女のところへいくんじゃないの？」

「どうしてそう思うの？」

「だってこのごろお父さん、四階ばかり見ているもの。あの女を見ているのよ。あの人と何か関係があるのかな。厭だわ。ねえお母さん、あの人のことについてお父さんに何か聞いてみた？」

「何を聞いてもあの女の側から物を言っているように思えるので、できるだけ聞かない。お父さんには不信感が募るばかり。すべてにおいてお父さんははっきり言わない。本音を言ったら男は負けだって、そう言っていたから」

「家族の間で本音も何もないじゃない。よし、あの女のこと聞いてみる。へんな関係だったら許さない。家族がばらばらになるのが厭なの」

夕食には脂の滴る厚い肉をジュウジュウと音をさせて焼きながら三人で頬張るつもりでいた。しかし三人での食事はもうどうでもよい。夫は多分外で済ませてくるだろうから。そんなことより玩具の送り先が気になって仕方ない。娘の好きなピザを作りに台所へ行く。ふと見るとテーブルの上の荷物をじっと見ていた娘が、繁みの間からあの女のいる四階を見ている。女は窓際を行ったり来たりしている。頭の中であの女が赤い唇を大きく開き白い歯を見せ、こちらを見てせせら笑う。思わず両手で顔を覆う。娘が雑誌を抱えて立って行った。自分の部屋へ行ったのだろう。冷蔵庫から野菜を取り出しピザに添えるサラダを作る。頭の中のおもちゃがぐるぐる廻る。顔の真上で廻るあの音楽付きのおもちゃ。娘には、なかった。手に持たせて音の出るおもちゃで充分だと夫がいい、わが子には与えなかった高価なおもちゃ。夫はそれをどこかの子供に送ろうとして探し出してきたのだろう。

ピーマンを輪切りにする。

部屋へ行った娘が戻ってきて、先程と同じ椅子に座り、再びテーブルの荷物を睨んだ。やがて荷物を脇へ寄せ、テーブルにうつぶした。いつもは食事の支度ができてこちらが呼びに行くまで部屋から出てこない娘が、荷物の載ったテーブルから離れない。ふと見るとあの女が我が家の二階を見ている。〈あんなふうにして見てばかりいるのよ。気にならないほうがおかしいでしょう。見なければいいじゃないかと言うあなたも、きっと見るわ〉夫にそう言ってやりたい。

テーブルにうつぶしていた娘が突然顔を上げて、瞬きをした。

「天上から吊るしてあるおもちゃが顔の上でくるくる廻るの。赤ん坊のときの体験がふとしたことで呼び覚まされたのだと思うわ。とてもきれいだった」

体験。娘は自分が赤ん坊のとき親からあのおもちゃを贈られたと思っているらしい。親として心が痛む。この娘をあの女に係わる渦の中に巻き込んではならない。そう思いながら、夫が向こう側の人間に思えてどうにもならない今、せめて娘だけはこちら側であってほしいと願う。

スープを飲みながら娘を見る。娘はいつもと違って熱いピザをナイフで切ることをせず手で千切っては物も言わず口へ持っていく。あなただけが味方なの、と口には出さず、ちらりちらりと娘の顔を見る。

二人での夕食が終わって娘が自分の部屋へ行ったあと、片付けを済ませ、厭でも目に入る居間のテーブルの上の荷物を前に椅子に腰掛けた。この鬱陶しい荷物。夫が片付けるまでここへこのまま置く。中身はおもちゃ。送る相手は女の名ともとれる。送り先はこの近く。荷物は届いてはならない我が家へ届いた。これを夫はどのように説明するか。居間と自分の部屋とを行ったり来たりしていた娘が部屋へ入ったまま出てこない。眠ったのか。いつの間に明かりが消えたのかあの女の部屋が暗い。そうか。夜にはいつも明かりが消えていたのだ。それであの女の見えない夜に救われていた。ほっとして目を閉じたそのとき、夫が戻った。彼はテーブルの上の荷物をちらちらと見ながら近寄って来、表の文字に一瞬目をやると、部屋へ向かい、すぐに戻ってきて、何食わぬ顔で荷物を抱え込んだ。

「お父さんお帰りなさい」

このときを待っていたかのように部屋から出てきた娘が夫に近づき、前に廻った。

「ちょっと待ってお父さん。そのおもちゃどこへ持っていくの」

「ガレージだよ」

「ガレージ？　車に乗せてどこへ」

「会社だよ」

「会社？　送り先はこの近くでしょう。そう書いてある。どこのうちへ送った荷物？」

「どこだっていいじゃないか」

「いいことないわ。赤ん坊のおもちゃを我が家以外のところへ送るんだから、送り先は赤ん坊の生まれたうちでしょう。この荷物、赤ん坊のおもちゃでしょう。この近くに赤ん坊が生まれた会社の人がいるの」

「ああ」

「いるんならそこのうちへ持っていけばいいじゃない。わざわざ会社へ持っていかなくても。荷物はここまで来ているんだから。ねえお父さん。そこのうちへ持っていきなさいよ」

「いいじゃないかどこへ持っていったって。お前もくどいなあ」

「お父さんがはっきりしないからよ。肝心なことになると逃げる。わかるように丁寧に言わなければ家庭は冷え切ってしまうわ。お父さんに彼女ができたのかと思ってびっくりするじゃない。もしかしたらお父さんの子供に送るのかと思って。そんなことになったら困る。別々に暮らすのは厭だもの。愛人を作らないでね。約束してねお父さん。ついでに聞くけど、あの四階の女の人とお父さんとはどういう関係？　ねえ」

荷物を抱え、逃げるようにして玄関へ向かう夫の背に娘は声を投げる。勘によるとこの近くに同じ会社の人はいない。おもちゃの落ち着く先はどこなのか。娘と夫との遣り取りの間、胸の中で夫をしきりに責める。――四階のあの女のところへいくおもちゃなので問われても本当のことが言えないのね。逃げようとしないで納得のいく説明をしてくださいよ。やましくないのであれば逃げずに娘の問いに答えられるはずでしょう。逃げるのはやましい証拠よ。さあ、そのおもちゃどこへいくの。さあ、どこへいくの。

夫が寝そべってテレビを見ている。ときどき思い出したように起き上がり、体操をしたりあるいは腹這いになって繁みの間から庭を見たりする。昼前のお茶の時間が終わって居間の片付けをしながら娘に気づかれないようにできるだけ平静を保ち、夫の視線の先を盗み見る。あの女は今こちらを見ている。テーブルを拭いている娘が口を尖らせた。

「お父さん、ごろごろしていないで読み散らかした新聞を片付けてよ。このごろゴルフに行かないの？　休みの日にはいつも行っていたじゃない」

夫があんなふうに公園ばかり見ていると彼の視線がいつ四階のあの女に向けられるか

気になって落ち着かない。おもちゃの荷物が家に迷いこんでからはなおのことだ。

「酷く喉が渇くの」

娘が冷蔵庫を開けてミルクを取り出し、コップになみなみと注いで一気に飲んだ。

「朝食に辛いものがあったかしら」

「違うの。さっき外を走ってきたから。お父さんも散歩をするといいのにね」

「お父さんは散歩好きじゃない」

「うちにいてあの女の人を見ているほうがいいか。ふ、ふ、ふ」

夫が娘をちらと見た。

「つまらんことを言っていないでお茶でも煎れてこい」

「今飲んだばかりじゃないの」

夫のための茶を煎れ、娘に手渡す。

「わあ薄い。お父さんこんな薄いお茶を飲むの」

「濃い一服のお茶は人を殺す、というの。それで飲まない」

夫が四階を見ている。一体いつから夫は窓際のあの女に視線を移したのか。その瞬間を見たとき、勝ち誇った気分でこう言ってやるつもりでいた。〈見なければいいじゃないかと言うあなたが見るのはおかしいわ。あの女、確かにうちの二階を見るでしょう。嘘じゃないでしょう。障子を開けようものなら、目を据えて見る。こちらのことがどのくらい向こうに知られているかと思うと、ぞっとする〉

「見ないほうがいいわお母さん。見るとどうしても気になるから。そのうち、うつ病になってしまうわ。お母さんがそんなふうになっては困るもの」

うつ病。感情障害を主とした精神病。憂鬱なことが多く感じられ元気がなくなる病気。まだ世間体を取り繕うことを知らない年齢の、正直な娘が、うつ病になってはいけないからあの女を見るなと促す。

「そうだその通りだ。精神病は困るよ。働きに出たらどうだ。あのころはきびきびしていたじゃないか。暇はよくないよ」

――働きに出たらどうだ。肝心なことになると黙りこくって相手を無視する夫が、このときとばかり、声を張り上げた。働きに出たくないとは言っていない。仕事が見つからないだけだ。

「あなた仕事見つけてきてくださいよ。どんな仕事にも就きますから」

口調が強まる。

「厭だよ。人の世話を焼くのは性に合わない」

「人ですか。だったら人が心を痛めているとき、鬼の首でも取ったように誇らしげに振る舞わないでくださいよ。何年も前になるけど、勤めていたあの自動車の整備会社、辞めなければよかったわ。居心地がよかったんだから。あなたは今もあの会社にいるけど」

「過ぎたことを言っても仕方ない」

「思い出したのよ。車の免許証取り上げたじゃない。忘れもしないわ。あれどうした？」

「知らん」

「知らないはずはないでしょう。捨てた。燃やした」

事故を起こしたからといって取り上げた。取り上げられるほどの事故ではなかった。軽い接触。運転は慣れだからそのうち慣れるだろう気をつけたらいい、とは言わずに、取り上げた。運転するなという意味だろう。相手の身を案じてのことだろうと思おうとしたが、自分に係わってくるのが厭なだけなのだと、思うほうが強かった。この人は家族をどう思っているのか、と思ったとき、恐ろしさが全身を走った。あのときもそうだった。歳暮用タオルの箱詰めのアルバイトをしたときのこと。手を休めておしゃべりをしている正社員の横で仕事が遅いと急き立てられ、高く積まれた目の前のタオルを反射的に脇へ寄せた。

落とすつもりはなかったタオルが床へ落ちた。気にすることはないと、上司が駆け寄って来て笑顔で一緒に拾ってくれた。臨時雇いの割りの悪さへの不満は上司の笑顔で吹き飛んだ。この上司のために明日から頑張ろう。元気が出た。それに引き換え、〈苦労をしていないからたったそれだけのことに腹が立つのだ。君は気楽でいいね。使うほうは大変だ〉抛り出したような無責任な夫の言葉が奥歯を鳴らせた。いい上司に出会ってよかったね、とは言わずに、君は気楽でいいね、と言い放ったのだ。〈気楽じゃないわ。そんな厭味な言い方をしなくてもいいじゃない。上司の笑顔で不満が吹き飛んだのだから。あなたも不満が吹き飛ぶような笑顔を見せてくださいよ。あなたには人を喜ばせる笑顔というものがないの？　相手の意欲を減退させることしかできないの。冷たい人ね。可哀相な人ね〉夫にぶつけながら涙が止まらなかった。

　娘はよほど喉が渇いたのかまたミルクを飲んだ。

「ねえお父さん、警察じゃないんだから、免許証を取り上げることはないじゃない。わたしなら返してもらうわ。取っ組み合いの喧嘩をしてでも。その免許証、どんなつもりで取り上げたの？」

　夫は寝そべったまま何も言わない。

「肝心なことからまた逃げるの？　お父さんの悪い癖よ。その免許証、どうしたの」

「もういいのよ過ぎたことだから」

娘に柔らかい表情を送る。

「よくないわ。その免許証、どこへやったのお父さん」

夫は知らん顔をしている。

「世の中には許せることと許せないこととがあるわ。そんなことをするお父さん許せない」

あの女、まだこちらを見ている。

「何とかならないかしら、あなた。ちらちらして目障りなの」

言うつもりのなかった言葉が不意に口をついて出た。

「そんなことぼくに言われても困るよ。雨戸を閉めて中で仕事をすれば気が済むのか。そんなことをしたら仕事はできないよ」

「またあの女の弁護？　そこまで弁護する理由はなに？　あなたへの不信感で固まってしまうわ」

夫はどこまでも向こう側の人間なのだ。あの女が仕事ができなくては困るのか。夫にとってあの女なんなんだ。あの女が理由で自分の妻がうつ病になってしまうかもしれないというのに、それでもなおあの女の側に立つのか。

「あの女、変よ。見てばかりいて。普通ではないわ」

「人を使って仕事をしている人が人ばかり見ている暇はない。みな忙しいんだ」

「人を使って？　どうしてそれがあなたにわかるの」

「会社の人が言っていたよ。一階が店で、二階と三階が貸事務所。四階がアトリエ。表に表札が出ているってね」

「また会社の人？　会社の人がどうして知っているの？」

「どうしてだっていいじゃないかそんなこと。うるさいな」

「うるさいことはないでしょう。また逃げるの。アトリエ？」

「知らん」

「都合が悪くなると逃げる。あなたは卑怯よ」

「男は外に七人の敵がいるんだ。ここには七人はいないからな。それで帰ってくるんだ。もう帰ってこないぞ」

「敵？　お父さん何てことを言うの。ここには、七人はいない？　するというということね。わたしとお母さんはお父さんにとって敵なの？　このうちには敵が二人いるっていうの。その二人の敵とお父さんは闘っているの。だからお母さんに優しくできないの。恐ろしい人ね、お父さんて」

目の前の菓子を摘まむこともしないで黙って親の遣り取りを聞いていた娘が、寝そべって外を見ている夫に噛みついた。

「くどいからだよ」

「相手が納得するような言い方をしないから何回でも聞くことになるのよ。逃げればいいというものではないわ。自分が勝つために敵を混乱させるという手を使っているとしたらお父さん最低。夫婦も長くなると苛めることしか考えないの。結婚なんかしたくないわ。お母さんに優しくしてあげてよ。うつ病になるのは時間の問題なんだから。なったらお父さんのせいよ。お母さんを温泉にでも連れていってあげたらどうなの。何年も連れていってないんでしょう。自分ばかり遊びに出かけていって。なにを考えているんだかわからないわ。冷たいわよ。お父さんは」

娘が胸に飛び込んできて泣きだした。

「お母さんご免なさい。うつ病になるのは時間の問題だなんて言って」

娘を抱き締めると嗚咽が込み上げてきて言葉が喉に詰まった。

「お父さんに酷いことを言っちゃった。ねえお母さんわたしお父さんに酷いことを言っちゃった」

「気にしなくていいのよ。あなたは悪くないのだから」

代弁をしてくれたような娘に涙ぐみ、腕の中の娘が霞んで見えなくなった。

夫の運転する車の後部座席に座って流れる景色に視線を預ける。あの女の側と思えるような夫と行動を共にする気になれないこの朝、〈お母さん、お父さんと温泉に行ってきて〉と言う娘の一言で重い腰を上げた。夫の顔を見なくて済む後部座席はタクシーに乗っている気分にさせる。この運転手は乗客に行き先も問わず、乗客は運転手に行き先も告げず、走り続ける車に黙って乗っている。障子の閉まった我が家の二階を清々とした顔で見ている窓際のあの女が脳裏に映る。〈あんたが留守だということは、障子を開け放して部屋に叩《はた》きを掛けないからわかるのよ。この機会に思う存分羽を伸ばすわ。あんたのうちの近くへ行ったりしてさ。気になるなら戻ってきたらどう?〉あの女が手招きをしている。羽を伸ばされて堪るものか。心が家へ戻りたがっているのを止めることができない。車はスピードを出して海岸線を走っている。あの女のことを考えるのはよそう。頭の中からあの女を追い出すのだ。遠くに水平線が霞んで見える。あのときも高速道路から水平線が霞んで見えた。車の運転が面白く、一人で走っていた。そこを下りて町の中へ入ったところで反対車線からきた車に軽く接触した。〈修理に出さなければならないボロ車なんですよ、気にしないでください〉相手は自分の名も告げずこちらの名も聞かず走り去った。〈軽い接触でも事故は事故だ。注意力が散漫だからそのようなことになるのだ。君には車の運転は無理だ。人に迷惑をかけるからな〉無事でよかったと言ってはもらえず、免許証は夫に無理やり取り上げられた。取っ組み合いの喧嘩をしてでも取り戻さなければいけなかった。取り戻さなければ自分が自分でいられないと知りながら、苛立つ気持ちを抑えて泣き寝入りすることとしかできなかった。自分の言い分が、この男の前では決して通らないことを知っていたからだ。抑えることが癖になった。不意に娘の言葉が甦る。〈お母さんがうつ病になるのは時間の問題よ〉うつ病。心の病気。

「君、編み物はどうしたんだ。習っていたじゃないか」

突然夫が前方を見たままで言った。

友人の一人が浮かんだ。コンクールがあったのだ。自信を持って出品した。しかしその友人が入選した。そんなことにはならないと軽く思っていただけに、衝撃は大きく、机を並べて授業を受けるのが苦痛になり、やがて教室には出なくなった。彼女は近寄りがたく話し掛けるのもためらうほどで、自然に言葉を交わすようになるまでは時間がかかった。それでも彼女から声を掛けてくることはなく、こちらから一方的に話題を持ちかけていた。彼女は決して誘いを断ることはなかった。どこへでも一緒に行った。こうしましょうか、と言うと彼女は同意した。反発してくるタイプの人ではなかった。おとなしいだけの人とも違っていたようだ。そんな彼女がコンクールに入選した。しばらくは何も手につかなかった。今ではたくさんの生徒に編み物を教えているのではないかと、先生らしくなっているだろう彼女に、決まった仕事も持たず些細なことに神経を遣っては苛立っている嘆かわしい自分が重なる。

車が温泉宿の前庭に止まった。

通された部屋から海が望めた。水面の一点を見詰める夫に考え事の内容を尋ねる勇気はない。目の前の夫は、ある距離を置いた近寄りがたい人に見えた。この人にはあの女の悩み事を訴えることはできない。家から離れていつの間にかあの女を思い出すこともなく、穏やかな気分でその夜夫に身を任せた。

朝の光が障子を通して部屋まで届いていた。これほど心の休まる朝があっただろうか。

夫と二人でこのままここにい続けたい。家に帰ればあの女が頭の中で狂う。あのころ、頭の中には、今は夫である若い彼が熱く詰まっていた。彼は休日のたびに、ドライブに誘った。走る車の窓から山や海を見てはあの山の名前を知っているか、この湾の名前を知っているか、などとまるでおもしろがっているかのように質問を浴びせ掛けた。知識のほどを試されているとも知らずに。知っていればその名を言い、知らなければ知らないと言った。雑学博士というのがぼくのニックネームだから、君に知らないことがあっても恥ずかしいことはない。知らないことを知らないと言う君は素直でいい。ぼくの妻になる人かな。そう言って彼は笑った。雑学博士。凄い、と思った。彼は知っていることをすべて語った。語らなければ収まらないところがそのころの彼にはあった。知っていく楽しみのようなものを感じながら疑いを持つこともせず正しい説とのみ信じて聞いた。彼にとっては好きな色に染まる最も扱い易い相手だったに違いない。味噌汁の出しの取り方から魚の下ろし方、葡萄の洗い方まで教えた。君は何も知らないから教えるのが大変だよ。嬉しそうな顔で言った。料理を習っていたのでそのくらいのことは充分に知っていたが、知っているとは言わなかった。言えば彼は自分の教えが優先しないことで機嫌を悪くすることを感じていた。それで教えられるままに頷いた。何の抵抗もなくそうできたのは頭の中に彼が熱く詰まっていたからだろう。そんな時期が過ぎて変化が起きた。決して受け入れてもらえることのない不満が消化できないまま頭の中で渦を巻くようになった。何度か旅行もした。しかしこちらが希望するところへ行ったことはただの一度もなかった。君のために旅行するんじゃないよ、ぼくの行くところへ君がついてくればいいんだよ。そんなことがあって、自分を抑え込むようになった。抑え込みながら、ここまで来ることができたのはやはり娘の存在だった。今頭の中は娘で占められている。高慢な態度で物を教えられても試されてもあるいは君は何も知らないねと無遠慮に言われても、卑屈にもならず若い彼を頭の中いっぱいに詰め込んでいたそんなころもあったと、振り返ってみる。

旅先から戻って娘を前に土産物を広げていると難しい顔をした夫が近寄ってきた。

「君に言っておくがね、今後あの女を非難したら許さん。それができないのならここを出て行ってもらう。ぼくは君が望む通り温泉へ連れて行ったんだからな。わかったな」

一瞬息を詰めた。温泉行きは交換条件だったのか。

「わからないわ。あなたが不審な行動を取る限り、あの女に係わる話題はついて廻るわ。大体においてあんな神経の太い女はいないわ。こちらが気にしているのを知っていながらカーテンを閉めないいんですもの。知っていながらよ。それがこちらにはっきり伝わってくる。どう考えてもあの女は非常識よ」

「なに、もう一度言ってみろ」

夫がこめかみに青筋を立てた。

「非常識だから非常識と言ったまでよ。取り立てて目くじらを立てるほどのことではないわ。あなたはどうかしているわ」

「君は少し異常だよ」

「異常？　異常はあなたでしょう。あの女のことになるとどうしてそうむきになるの。あなたとあの女とはどういう関係なの。わかるように説明して。そうでないとあなたという人がますますわからなくなるわ」

男は外に七人の敵がいる、ここには七人はいない、と言った夫の言葉がよぎる。夫が闘いを挑んできているのなら、受けて立つしかない。この先ずっと、というのではない。夫への不信感が消えるまでだ。

「お父さん、出て行けとは酷いわよ。お母さんの言う通り普通はカーテンを閉めるの。閉めたほうがいいとどうしてその一言がお母さんに言えないの。そう言えばお母さんの気持ちが優しくなるじゃない。あの女がこちらを見ても気にならなくなる。お母さんがうつ病になるのもならないのもお父さんの気持ち一つよ。お父さんは人の話を聞かない癖がある。聞く耳を持たない。お母さんの話をまともに聞いてあげたことある？　それでもお母さんはお父さんに辛く当たったりはしていないでしょう。あの女の人の話題がうちへ入り込んでくるまで、お母さん可哀相に言うべきこともいわないで我慢していた。見ていられなかった。このごろちょっとましになったけど。反動があの女に向かうのは仕方ないわよ。お父さんが向こうの肩を持つからよ。非難もしたくなるでしょう。優しくしてあげてよ。お母さんがうつ病になって困るのはお父さん自身なんだから」

胸に蹲って泣いた幼い娘がいつの間にか大人になって、悪びれる様子もなく、お父さんにはつまらない遠慮をしないほうがいい、と耳打ちして自分の部屋へ行った。溜め込まない抱え込まない我慢をしない。言うべきことは言ったほうがよい。そうでないと相手はそれでよいと勘違いしてしまう。勘違いさせるような態度は相手にとっても自分にとってもよくない。我慢はすべきではない。無理に抑え込まず、意見は意見として言葉に出すべきだ。娘の言うちょっとましになったけど、という自分で今後はいく。ちょっとましになった自分で……。

向こう側である今の夫に接するには毅然とした態度が必要だ。夫はあの女の視線が我が家の二階に執拗に絡んできているのを認めようとしない。それならば黙って受け流せばよい。それが賢い妻の遣り方だろう。しかし敢えてそうしない。賢い妻の遣り方でなくてもよい。別な女でいこうと立ち上がる。

ある朝部屋の中を行ったり来たりしているうちにあの女のいる四階が真っ直ぐ見える二階の部屋の窓の前に来ていた。女が部屋にいることを願って障子を開けた。女はいなかった。そう言えばいない日がある。月に二度くらいか。その日は不思議に気が休まり清々とした気分で羽を伸ばすことができる。庭の木の剪定《せんてい》をしたり滅多にしたことのない下水穴の付近を消毒したり、あるいは網戸を洗ったりする。焚き火をするのもそんなときだ。剪定した枝を集めて落ち葉と一緒に燃やす。生の枝はすぐには燃えつかない。灯油をかけて燃やす。おもしろいほどよく燃える。燃え盛る炎の中に対岸の火事を見、窓から火を噴く四階の細いビルの火事を見る。不思議な炎の力に血が騒ぐ。

まだあの女の部屋に人影はない。女のいない日に当たっているのか。窓ガラスに朝日が照り映えて眩しい。目を細めると光の中に白い家が見える。この家を買うとき夫に勧めた郊外の家だ。〈素敵な家ね。あんな家に住みたいわ。あの家にしましょうよ。太い柱が使ってあって作りも悪くなさそうだし〉夫は公園を望める家を希望し、この家になった。

あるとき、相手の希望を決して受け入れないその理由を夫に聞いた。女は男に従う動物だ。耳を貸す必要はない。世の中が変わろうと何が変わろうとこればかりは変わらない。と言った夫の顔をじっと見た。この人は女をそんなふうに見ているのか。それで彼は家の中で笑顔を見せないのか。見せては夫としての威厳が保たれないとばかりに。要するにこの人は女を自分より一段低い人間、いや動物に見ているのだ。女を、莫迦にしているのだ。そのような心が態度に現れては家の中の空気が円滑に流れるわけがない。もしあの女が夫の妻であったら、彼は果たして同じことを言うだろうか。

この家に越してきたとき、あの女のいる四階建てのビルはまだなかった。公園の先は更地だった。しかしすぐに建った。着々と進んでいく工事を見ては公園を眺めたものだ。ブランコ。滑り台。砂場。あちらこちらに置いてある赤いベンチ。間隔を置いて植わっている中央の五、六本の木。手前にあるシーソー。鉄棒。ジャングルジム。今、視線を僅かに上空へ流せば、あの女のいるビルがある。突然四階のカーテンが開いた。あの女が顔を出した。いない日ではなかったのか。瞬間窮余の一策が浮かんだ。

気を奮い立たせ、双眼鏡を取り出しに行く。三脚を組み立てながら、レンズに目を近づけている夫の横顔を脳裏に描く。嘲笑しているあの女の顔を夫は見る。嘘じゃないでしょう、と優越感に浸る。目の高さに設えた双眼鏡をあの女の家の方角に向けレンズの当たる部分の障子を切り抜く。これでよし、と試しに覗いてみる。顔が映っている。大きな顔が。あの女の顔だ。レンズから目を離し四階の窓際を見る。あの女がこちらを見ている。再びレンズを覗く。女は窓際で初老の女と話を交わしている。時折絵のようなものを描いては見せる。ミシンを掛けている女がいる。アイロンを掛けている女もいる。人台に着せたドレスと取り組んでいる者もいる。あの部屋には何人かの女たちがいたのだ。女たちは洋服を作っているのだ。初老の女は多分客だろう。するとあの女の仕事は洋服を作ることか。

双眼鏡を取り付けてから二階の部屋にいることが多くなった。レンズに映るあの女の顔がこちらを見て嘲笑していれば愚弄されていると思い、真剣な顔で仕事に打ち込んでいれば打ち込めるものがあることに妬ましさを覚え、にこやかな表情であれば余裕が感じられ空廻りしている自分が惨めになる。こんなもの取り付けなければよかった。取り外すことだ。しかしそれでは嘲笑するあの女の顔を夫に見せることはできない。ここは何をさておいてもあの女の顔を夫に見せることだ。見てもらわなくては事が運ばない。

あれは何、という声が聞こえた。ブランコに乗った子供がこちらを見て指を差している。障子の切り抜いた部分に気づいたのだ。双眼鏡のレンズが光ったのかもしれない。砂場で子供を遊ばせている女がこちらを見た。子供が駆け寄ってきてジャングルジムの横からこちらを見上げた。中央の木のそばにいる女たちがこちらをちらちらと見ながら話をしている。あの女がいる。確かにあの女だ。女たちの中に交ざっている。あの女がそこまで来ているのだ。どうしたらよいものか。相談しても取り合ってはもらえない夫を脳裏に描く。どうすればよいのだ。あの女が仲間から離れ、表の道に廻ってこの家を見た。すると今度は反対側から公園に出て二階を見上げた。気味が悪い。警察に訴えるのだ。挙動不審の女がいると言えばすぐに来る。電話をした。五分後、警官が来た。あの女はどこかへ行ってしまった。どこを探してもいない。〈家の周辺をうろうろしていたんですね。間違いないですね。ではちょっと行ってきます〉警官はあの女の家に向かった。しばらくして、戻ってきた。〈そちらのほうへは行かなかったと言っているんですがねえ。人違いではないですか〉そんなことはない。この目で確かに見た。あの女は嘘を言っている。

四、五日後、公園に姿を現したあの女の顔が再びレンズに映った。前回と同じ行動を取る挙動不審のあの女を警察へ通報した。警官は来た。そしてあの女のところへ行き、返事を持って戻った。度々使いには出るが人の家をじろじろ見るようなことはしないと。一応注意しておきました、と言って警官は去った。あの女は家の近くへ度々来ているのだ。それにしてもあの女、そちらのほうへは行かなかったなどと、しらじらしい嘘をつく。こちらが嘘をいうわけはないではないか。

夫の帰宅の遅い日が続いている。娘と夕食を済ませたあと一人でテレビを見ながら夫の帰りを待つ。自分の部屋に入ってしまった娘が度々来ては取り留めのない話をし、すぐまた戻っていく。テレビは興味のない画像を映し出しており、目を刺激するだけの騒々しい板に変わっている。朝帰宅時間を聞いてもわからないという夫が珍しくそれほど遅くはならないよと言って出た。いつにない夫の穏やかな表情に今度夫から仕事をしたほうがよいといわれたら勤め口を探そう、とこちらも穏やかな表情になる。娘は眠りに就いたのか姿を見せなくなった。あの女の笑っている顔がテレビの画面に浮かんだ。大きな顔が消えたり映ったりする。視線を逸らして堅く目を閉じると画面のあの女の顔が脳裏に移行した。笑っているその顔は双眼鏡のレンズに映るあの嘲笑した顔だ。

ふいに双眼鏡を覗いてみたくなった。階段を上がって二階の部屋に行き、暗い部屋からレンズの先を見た。眩しいほど明るい。あの女の部屋だ。シャンデリアが輝いているのだ。あの女の部屋は夜暗かったのだ。女は夜、あの部屋にはいなかった。それで夜は心が乱されずに済んでいた。だが今、あの女の部屋は光り輝いている。この夜更けにきらきらさせて目障りだ。突然女が正面切ってこちらを見た。一瞬のあと、女の顔が嘲笑している顔に変わった。一体何があったのだ。レンズから僅かに目を離した。部屋が明るい。点けた覚えのない明かりが点いている。

「そんなところで何をしているのだ。それは一体何だ」

いつ帰宅したのか部屋の入り口に夫が立っていた。そうか。夫が明かりを点けたことで部屋が明るくなったその瞬間、あの女がこちらを見たのだ。

——ちょうどいい。

「ここへ来てこの先を見て。あの女がいやな笑い方をしてこちらを見ているわ。早くここへ来てレンズを覗いてみて。早く」

夫は立ったままで何も言わない。こちらへ来ようともしない。

「あの女はいやな笑い方をしてこちらを見ているのよ。さあ早く来て。さあ」

「いやだよ」

「見られないのね。そうね、あなたはあの女の味方だから認めたくないのね。あんなふうにしてこちらを見るということをあなたに知っておいてもらいたいだけなの。あなたがここを覗けば事は済んでしまうわ。家族が一つに纏まるチャンスよ。一つに纏まって仲良くすることよりあの女を庇うことのほうがあなたには大事なの。さあ見なさいよ。明る過ぎる目障りなあの女の部屋を」

「明るくして何が悪いんだ。関係ないだろう。夜遅くまで働いているんだ。暇だからつまらないことばかり考えるんだ」

「つまらないことですって。意識的に見られて気にならない人はいないわ」

「意識的に見ているかどうかわからないだろう」

「だからここを覗いてみてと言っているの。それがはっきりするから」

「意識的に見たっていいじゃないか。見るのは向こうの勝手だ。見て何が悪い」

「まだあの女を庇うの。見てばかりいて変だよ、とどうしていえないの。あなたとあの女とは特別な関係にあるの」

「本気でそんなこと言っているのか。いいかげんにしないとそのうち本当の病気になってしまうぞ。だから仕事でも趣味でも持てと言っているんだ。ぼくは知らんぞ」

「知らん？　だから仕事を持てと？　思い遣りのように聞こえるけど本当はそうじゃない。自分に係わってくる煩わしいことから逃れたいだけ。言っておくけど、あなたに言われなくても仕事を持つときは持つわ。それよりあなたは自分の立場を考えてみるべきよ。いやでもこちら側の人間なの。こちらの味方をする立場なの。あなたにはそれがわからないの」

「わからんね」

「立場を弁《わきま》えてこそ家の中が明るくなるというものよ。それが家族へのエチケット。せめて明るい笑顔を見せてくださいよ。女に耳を貸す必要はない、女は動物だ、などといっていないで」

言うべきことは言わなければならない。そうでないと相手に伝わらない。そう思うと言葉が流れ出る。

「誰の味方をするのも勝手だ」

この人には仲良くやっていこうという気持ちがない。自分の立場を弁えないというのであれば、こちらも無理にあの女を忘れる必要はない。これまで通りだ。

「思い出したわ。家の中に二人、敵がいるんでしたね。それで闘い続けているというわけね。向こう側に廻るというならそれはそれでいいわ。その代わり、あの女のことについては一切口出しをしないと約束してくださいね。始まりはあの女を庇うあなたのあの言葉にあったのですから。あの人は君と違って働いているんだよ……。君と違ってとはどういう意味ですか。さあ言ってください。さあ」
夫は階段を下りていった。

あの女の後ろには夫が付いている。出口を塞がれた憎悪が胸の中で渦巻く。君のいう通りだね、とどこまでも言わないのであれば、それはそれでよい。しかし君と違ってあの人は働いているんだよ。君と違って、と言うのが胸に突き刺さって落ちていかない。あの女に比べて落ちるという意味か。働く能力がないという意味か。それとも家の中で楽をしているという意味の厭味か。思いつくままに解釈をしてみる。この夜更けにあの女の部屋は依然として明るい。あの女も明かりの点いているこちらが気になるとみえて大きな顔が度々レンズに映る。レンズの焦点を外してみる。レンズは暗い屋根を映した。そこには昼間鳩が列をなして歩いている。絡み合って喧嘩のようなことをしているときもある。どこへ寝に帰ったのか今はいない。我が家のベランダを糞で汚す鳩どもに違いない。糞の飛び散る様子が浮かび上がり胸に違和感が走る。鳩の糞からベランダを守らなくてはならない。胸に突き刺さって落ちていかない言葉が閃《ひらめ》いて止まない。——あの人は、君と違って……。
庇《ひさし》の上や戸袋の上などに細い板を置く。板には硝子の欠片を立てて貼り付ける。これで糞から逃れられると安心したのも束の間鳩は尖った硝子をよけて歩いている。白い糞が辺りに飛び散る様子がちらつき息苦しい。

消毒液を作る。ベランダから手を伸ばして物置の屋根に撒く。高いところは梯子を使う。門の外の四段ほどの石段にも撒く。道の端にも撒く。手の届くところはすべて撒く。

深夜に夫が帰宅した。夫はにおいを気にしているようであったが自分は昼間の疲れでそのまま寝入ってしまった。

翌朝、落ち着かない様子で食事をしている娘が鼻に手を当てた。それまで黙っていた夫が顔を顰めた。

「何だこのにおいは」

「お母さんが消毒液を撒いたの。鳩の糞で酷いから。でもすぐに消えるから気にすることはないわよお父さん」

「鳩くらい来てもいいじゃないか。そんなに神経質になることはない」

「あなたは知らないのよ。鳩の糞がどのくらい体に悪いか」

「そんなにたくさんは来ないだろう。いつも纏まって遊んでいるよ」

「それは公園の鳩でしょう。うちへ来るのは公園からじゃないわ」

あの女のいる四階に目をやった。

「わがままなんだよ。これでは食事もできない」

夫は途中で箸を置き、湯飲み茶碗を手に窓の外を見た。

「何がわがまま？　消毒をしたこと？　家庭の主婦である以上消毒でも庭の草取りでも何でもするわ。消毒をすればにおうのは当たり前でしょう。すぐ消えるのに目くじらを立てるほうがおかしいわ。それとも家庭の主婦ではいけないの。あの女を見習えとでも」

においを気にしている様子もなく食事をしている娘の耳元に顔を近づけた。

「ちょっと撒き過ぎたかしらね。ご免なさいね。それから、お父さんには厭味を言っちゃった。悪かったかしら。ほ、ほ、ほ、ほ」

「気にしない気にしない」


むしむししたこの鬱陶しい天気に気分が優れず、頭痛までしてくる。レンズに映るあの女を見ていたがやがて額に手を当て、まぶたを閉じる。女たちの楽しそうな姿が目の裏に映る。あの女の真っ赤な唇が見える。女の後ろにいるあれは、誰か。男だ。男があの女の前に廻った。向こう向きに立った。男の背中が、あの女は働いているんだよ、少しは見習うといい、と言っている。女たちが一斉に笑った。はっとしてまぶたを開いた。レンズの先を見た。あの女がいない。女たちが仕事をしているときあの女が部屋にいないことは滅多にない。いるはずだ。部屋の隅から隅へ視線を移す。どこにもいない。それとなく公園へ目を移した。砂場の脇をこちらへ向かってくる女がいる。あの女だ。斜めに通り抜けようとしている。女の周辺に男はいない。女は一人だ。胸の鼓動が激しく打つ。あの女が来る。どうしたらよいものか。眩暈《めまい》がする。

レンズから目を離した。体が熱くふらふらする。頭痛のする頭を押さえ手摺りに凭《もた》れて階段を降りる。足が縺《もつ》れて思うように進まない。目の前が霞んで見えなくなった。体から力が抜けていく。気が遠退いていった。

青い空が見える。この景色はどこなのだ。ずっと以前、見た記憶がある。あの音は何だ。水か。ここは一体どこだ。

冷たい。足許が濡れている。素足だ。水の中を歩いている。川原だ。向こうの石の上に女が倒れている。うつぶせで、顔を向こうに向けている。女のそばに、男がいる。男も倒れている。

五、六人の幼女が川の浅瀬で遊んでいる。水を掛け合っているうちに一人が足を滑らせ転倒した。額を押さえた幼女の手が赤く染まりどこがどうなったのかわからないうちに濡れた体が血塗《ちまみ》れになった。幼女は額の傷に手を当てた。

川原の石の上に倒れている女も男も動かない。女の顔がレンズに映るあの女の顔にそっくりだ。女は、あの女だ。そばの男は、夫だ。川を渡り切り、夫の冷たい体に手を触れた。

額に傷のある少女が昆虫採集をしている。夏休みの宿題だ。蝶、蜻蛉《とんぼ》、甲虫《かぶとむし》、黄金虫。見つけ次第捕まえた。広口壜《びん》に入れて窒息させ、空箱に並べ、背に虫ピンを刺して止めた。

女の体を仰向きにした。弾みで首がこちらに倒れてきた。顔を両手で支え、上に向けた。でこぼこした石の上に頭が落ち着かない。水に晒されて白くなった木の枝の先をナイフで尖らせ首に刺して止めた。

少女が見詰めているのは解剖を目の前にした模型の蛙だ。何事も勉強だから怖がってはいけないと先生が言った。四、五人が一組になって模型蛙一匹を使った。おとなしくなるようにとガーゼに含ませた麻酔液を蛙の顔の上に載せた。静かになった蛙を板の上に置き、脚を広げて虫ピンで止めた。一人が腹の皮にナイフを入れた。皮は外側へ広げて止めた。動いているかのような内臓が少女の目に映った。

あの女の着衣を切り裂き、剝ぎ取った。剝ぎ取られた女の体は川原の石の上で両手を広げ、動かない。こちらを見て笑った顔も、もう笑わない。笑い声も、もう聞こえてはこない。あの女は死んだのだ。

女の腹を裂いた。下腹にナイフを刺し、胸に向かって切っていく。静止した内臓は体を揺すらなければ動かない。どのように始末されようとなされるままだ。しばらくの間裂いた腹の中を見下ろしていた。

やがて臓器を摑んで取り出し、川へ投げた。肺も腎臓も胃も、川下へ流れていった。腸を摘んで腹から出し、川へ流した。一本になって、ゆっくり流れていった。

「何を暢気《のんき》に寝ているんだ。起きろ」

夫の声だ。

死んだはずの夫が立っていた。

ぼんやりした頭で夫を凝視し、にいっと笑った。

「何がおかしいんだ。よく寝ていられるな、こんなとき」

カーテンが開いた。眩しい。昼間か。時計を見た。三時だ。

「あの女に何をしたんだ。言ってみろ」

「何のこと？　何をしたかって。何もしないわ」

「しないわけはないだろう。会社へ電話をしてきたじゃないか。うちの前で何かがあったらしくて警官が来ているって。知らないとは言わせないぞ」

「何があったか知らないわ。わざわざ出て行って見たりはしないもの」

「しらばくれるのもいい加減にしろ」

「しらばくれているのはあなたでしょう。関係ないわ」

「あの女に怪我をさせたんだろう、うちの前で。念のために警察へ電話をした。まさか君が起こした事件とは思わなかったよ。見せたいものがあるからというので警察へ行った。事件現場の図、あの女が警察で語った調書、そして医者からの診断書だ。あの女の語ったそのままの記録を担当の刑事から読んで聞かされた」

午前十一時過ぎ、写真屋へ行こうとしてあの家の前を通りかかったところ、突然足に水がかかってきました。見るとその家の主婦らしい人がポリバケツを手に、胸の高さの門扉の向こう側から怖い顔でこちらを見ていました。私は二、三歩離れたところへ行って水のかかった足を拭いていました。すると今度は頭から水がかかってきたのです。私は我慢ができなくなり、道から四段ほどの石段を上がって門の内側に立っている主婦に、何をするんですか、と言おうとしました。しかし三度目の水が頭からかかってきて言えませんでした。体全体がずぶ濡れになりました。滴り落ちる顔の水を拭いていると今度は棒で頭を叩いたのです。箒の柄のようなものでした。私は相手を真っ直ぐに見ようとして顔を上げました。すると主婦は私の肩を両手で強く突いたのです。私は転倒し、石段に後頭部をぶつけ、気を失ってしまいました。気がつくと、主婦は倒れている私を見下ろして、死ね、と言っていました。私は後頭部を押さえ、捻挫した足を引き摺り、倒れたままの恰好で石段の下まで這うようにして降り、ようやく道の端へ出ました。そこで、助けてください、救急車を呼んでください、と声を張り上げ、人の助けを求めたのです。足音が聞こえました。人が来たのです。すると主婦は、警官が来るから救急車を呼ばなくていいです、と言ってその人を追い返してしまいました。私は途方に暮れました。すると作業服を着た年配の男たちが向こうからやってきました。私は同じことを言い、助けを求めました。一人が近寄ってきました。だが主婦はまた断ってしまったのです。男たちは振り返りながら行ってしまいました。そのあと通行人が二人ありましたがそれはもうまったく同じことの繰り返しです。五回目に女性が自転車で通りかかりました。私は家の者を呼んできてください、と叫び、電話番号を言いますと、女性は引き受けてくれました。しばらくして義父が来ました。私は義父に支えられて車に乗ろうとしました。そのとき手提げ鞄から修理に出すためのカメラが滑り落ちました。私が拾おうとしたとき、主婦が横からさっと手を出し、カメラを握ってポケットへ入れてしまいました。返してください、と言うと、ここを写しにきたのだから証拠品として預かっておく、と言って返してくれませんでした。こうなったら警察に任せるしかない。警察へ急ごうとする私を義父が、まず病院だ、と言って止めました。そこで頭と足のレントゲン写真を撮り、診断書を持参して警察へ行きました。

　以上が事件のすべてです。主婦を厳重に取り締まってくださるようお願いします。

「恥曝《さら》しな。どんな思いで聞いたか君にわかるか。水をかけたんだろう。三回も。そのあと突き飛ばして怪我をさせたんだろう。棒で頭を叩いたとも聞いた。何てことをしてくれたんだ。それからどうしたんだ」

「あの女がそんなことを言ったんですって。庭には水を撒くけど人にはかけないわ。まして棒で頭を叩くなんて。嘘もいいかげんにしてほしいわ。こちらは何も知らないんだから」

「知らないことはないだろう。現場検証で刑事と女とが門の前にいたのは一時間足らずだ。刑事は確認のために君を呼び出そうとしてベルを鳴らした。君は出ていかなかった。出ていればぼくまで恥をかくことはなかったんだ」

「ぼくまで？　勝手に恥をかけば。関係ないものがどうして出なければならないの」

公園の中をあの女がこちらに向かって歩いてきたのだ。胸の鼓動が激しくなった。酷い熱が出ていた。意識が薄れていった。青い空が見えていた。

「あの女の肩を押して倒したのか。どうなんだ」

「肩を押して？　なんのこと？　うちの前で起きたことなど、まったく知らないわ。あの女が作り事を言っているのよ。あなた、あの女の言うことを信じるの？」

「はっきりしないと困るんだよ。それによってはあの女のところへ謝罪にいかなければならんからな。怪我をさせてしまったんだから謝りにいかないでは済まないだろうけど。診断書も出ていることだし。謝罪に行けば事件にはならないそうだ。明日にでも謝りに行ってこい。わかったな。ぼくは知らんぞ」

「あなた行けば。あの女の作り事を信じているあなたが。こちらは関係ないわ。あの女の肩など触ったこともないもの。倒れたというなら自分で勝手に倒れたんでしょう。事件にしたくて、レントゲン写真がほしいばかりに。あの女しらじらしい嘘をつくから警官にも嘘を言って調書を作らせたのよ。忙しいから、作り事を聞いている暇ないわ。明日から仕事なの。つまらないことに係わっている暇ないわ」

「どっちなんだ。倒したのか。倒していないのか。それとも自分がしたことを覚えていないのか」

「死んだのよ。あの女は。あなたと一緒に。川原で」

あとがき

私が小説を書こうとするのは、書かなければわからないこと、書くことによってわかること、などが見えてくるからです。それを掘り下げていくと、自分という人間だけでなく、人間の深いところにあるものまでが、見えてくるのです。

過去を振り返るのは厭でした。ある意味で堕落に等しいと思うほど厭でした。しかし、人間を描くのが小説であるならば、過ぎ去ったことに目を瞑っていたのでは、肝腎な人間の深味に触れることはできません。限られた時間の中で、目的に向かって描いていくには、過去を含めたすべての中にどっぷり浸かる以外にないのです。

古い家の主の蛇のように、家族を、人間を、丸呑みにして、守る、丸呑みして、描く。そうありたいものであると、思うばかりです。

平櫛田中《ひらくしでんちゅう》という木彫家、偉人の残した言葉がよぎります。彼は百七歳でこの世を去りました。（六十、七十は洟垂れ小僧。男盛りは百から百から。わしもこれからこれから。今や

らねばいつできる。わしがやらねば誰がやる。そう簡単に長生きの秘密なんてあるもんじゃありませんよ）

自分の深味に自分が触れなくて、誰に触れられるだろう。いつ触れる、というのであれば、私も、先へ向かって、これからこれから、という以外にありません。どこまで行っても限界のない難しい道へ、いつの間にか迷い込んでしまい、そう簡単には、事は運ばない、と思いながら、自分の心と向き合う出会いが嬉しく、地道に描いています。

出版に当たりましては、㈱鳥影社代表取締役社長・百瀬精一様をはじめ、小野英一様、編集室の皆さま方に、一方ならず御世話になりました。ここに至りましたこと、厚くお礼申しあげます。ありがとうございました。

〈著者紹介〉
井関洋子（いせき　ようこ）
神奈川県に生まれる。
1963年、婦人服デザイナーとしてメーカー勤務。
1987年、実用書（サンデーエプロン）出版。
1990年から3年間、都内の文芸同人に席を置く。
東京都在住。

月の舟

定価（本体1400円+税）

乱丁・落丁はお取り替えします。

2016年6月 7日初版第1刷印刷
2016年6月17日初版第1刷発行
著　者　井関洋子
発行者　百瀬精一
発行所　鳥影社 (www.choeisha.com)
〒160-0023 東京都新宿区西新宿3-5-12トーカン新宿7F
電話 03(5948)6470, FAX 03(5948)6471
〒392-0012 長野県諏訪市四賀229-1(本社・編集室)
電話 0266(53)2903, FAX 0266(58)6771
印刷・製本　モリモト印刷・高地製本

ISBN978-4-86265-561-5 C0093